2,80 €

Scripto

Pierre-Marie Beaude

Leïla, les jours

Gallimard

Un grand merci à Fatiha Lafroukhi
qui m'a fait partager
la connaissance de son pays.

Lumière, lumière lointaine
Plus basse que les étoiles
Quelle sera la main
Qui t'allume et t'éteint...

Fabrizio de Andrè

1

Moktar disait qu'il m'avait trouvé sur la plage. Ma tête était ballottée par les vagues qui venaient mourir sur le sable ; j'étais à moitié noyé.

Je n'ai jamais aimé Moktar. Et je crois qu'il avait inventé cette histoire pour que je le reconnaisse toute ma vie comme mon bienfaiteur. Souvent, dans ses colères, il criait que j'étais un ingrat, et que s'il avait su, il m'aurait laissé boire toute l'eau de la mer. Chaque fois que je lui posais une question sur mon passé, il me débitait cette étrange histoire de la plage, toujours pareille. Une vraie rengaine. Mais je voyais bien dans ses yeux qu'il me cachait quelque chose, et qu'il y prenait du plaisir. Je suis certain qu'il m'avait volé à mes parents. Il n'avait que des filles, il voulait un garçon pour conduire son âne. J'ai gardé les chèvres, j'ai conduit son âne. J'allais devant lui, en tenant la bride ; et lui, assis sur le bourricot, il traversait la ville comme un grand personnage.

Dieu seul sait où est Moktar aujourd'hui. S'il est en enfer, ce n'est pas moi qui irai l'y chercher.

Je ne connais pas mon âge exact. J'avais sans doute trois ou quatre ans quand j'ai été volé. Dans mes rêves, il m'arrive d'avoir des goûts d'eau salée dans la bouche ; c'est le fantôme de Moktar, j'en suis sûr, qui vient me les y mettre. Le seul souvenir que j'ai de ces premières années dont je ne saurai jamais rien, c'est celui d'une chose ronde, une sorte d'orange très belle et très douce, qui se tient devant mes yeux comme la lune du soir. Une main, je crois, me tend l'orange – mais c'est peut-être moi qui l'invente, je ne sais pas très bien. J'éprouve un bonheur magique à la voir devant moi.

Je n'ai pas les mots qui me permettraient de décrire cette orange, ni l'apaisement qu'elle m'apporte. Ce sont des choses que j'ai vécues avant les mots, des choses qui ne trouvent que cette image d'un fruit rond pour rester dans ma tête d'enfant volé. J'aimerais bien garder le souvenir de l'orange-lune jusqu'à ma mort. C'est mon amie. Chaque fois que j'ai rencontré des difficultés dans la vie, elle est venue me réconforter.

Tout jeune, je gardais les chèvres de Moktar avec ses deux filles. On allait aussi ramasser les branches pour le feu. On les tassait en gros ballots qu'on portait sur le dos comme des ânes. Loubaba, la femme de Moktar, n'était jamais contente. Elle me battait en prétextant que je ne ramenais pas assez de bois. Je lui faisais des grimaces dans le dos.

Quand j'ai grandi, Moktar m'a pris avec lui dans son entrepôt. Je l'aidais à placer sur le bât des chameaux la marchandise qu'on allait vendre. On partait faire la tournée des villages, on marchait dans les sables et dans les cailloux. En trois semaines, on visitait une dizaine de villages et de puits.

Au début, il y avait Ali avec nous, un jeune homme que Moktar employait. Il était plus âgé que moi, et ne se laissait pas faire. Je l'aimais bien, c'était pour moi comme un grand frère. Mais un soir, Moktar et lui se sont battus. Ali l'avait attrapé par le cou; ils se roulaient dans la poussière, sous les pattes entravées des chameaux. Ali l'accusait d'être un sale voleur, et voulait récupérer tout l'argent qu'il avait promis et n'avait jamais donné. Moktar écumait de rage et hurlait qu'il ne lui devait rien; il avait tiré Ali de la misère, et si Ali l'avait oublié, il pouvait y retourner, dans la misère, si ça lui chantait. Mais pour ce qui était de l'argent, il pouvait toujours attendre! Ali a sorti un couteau, et j'ai bien cru qu'il allait saigner Moktar comme un mouton, mais il s'est contenté de lui faire une estafilade au front. Et comme Moktar était aveuglé par le sang, il l'a assommé avec le seau qui servait à faire boire les chameaux. Moktar s'est écroulé inanimé et Ali a cherché, dans le bât de la chamelle, la cache où était l'argent. Lorsqu'il l'a trouvé, il a sifflé d'étonnement. On ne savait pas que Moktar, par peur des voleurs de la ville, emportait toutes ses économies en voyage. J'étais planté devant Ali, et quand il a relevé la tête, il m'a tendu un bon paquet des billets qu'il venait de compter: «Ne lui dis pas merci, tu ne lui dois rien.» Puis il a mis le reste dans sa daraa*, et il s'est enfui sur l'un des dromadaires.

Moktar est resté sans connaissance très longtemps. Je regardais son visage en sang, sa daraa toute trempée. Il ne bougeait plus du tout. A cause des petits gémissements qui s'échappaient de sa bouche, j'ai su qu'il n'était pas mort.

J'avais toujours les billets à la main et j'ai cherché une cache avant qu'il se réveille. Je me doutais qu'il fouillerait mes affaires, alors j'ai glissé l'argent parmi les marchandises, après quoi je me suis enroulé dans ma couverture pour dormir. Dans la nuit, je l'ai entendu bouger. Il s'était relevé et se tenait la tête.

---

* Vêtement fait d'un grand morceau de tissu.

Ensuite, il est allé à sa chamelle en titubant pour chercher quelque chose. Il a remué comme ça toute la nuit. Le matin, il était debout et s'était bandé la tête. Il préparait les chameaux pour poursuivre la route.

Moktar s'est remis du coup qu'il avait reçu, mais quelque chose ne tournait plus rond dans sa tête. Souvent, en chemin, il se frappait le front en disant : « Bon sang, j'ai oublié la commande de Soumaré. » Et quand ce n'était pas Soumaré, c'était Geber ou El Ghassem. Il ne savait plus très bien faire aller droit sa chamelle. Elle s'échappait, il lui courait après en jurant comme un damné. Elle se laissait approcher, et au moment où il croyait l'attraper, elle se sauvait un peu plus loin. Il me menaçait du bâton pour que j'aille la chercher, mais je faisais exprès de ne pas y arriver. Alors, il était bien obligé d'y aller lui-même.

Un jour, Moktar l'a poursuivie toute une journée. Il n'est rentré qu'au soir, le visage tout enflé et une drôle d'écume autour de la bouche. Il a voulu corriger la chamelle, mais au premier coup, le bâton lui est tombé des mains. Il titubait, il répétait toujours la même chose : « Charogne, ah la sale charogne, putain de sa mère. » Il s'est plongé la tête dans un seau d'eau. Ensuite, il a vomi, et j'ai bien cru qu'il allait trépasser.

J'ai vécu encore plusieurs années avec lui. Tous les matins, au réveil, je l'observais, et j'avais l'impression que son cou, ses bras devenaient secs comme des branches d'acacia, et que sa figure se ratatinait. Il n'avait plus de vivant que ses yeux, très mobiles, comme sont les yeux des singes. A chaque jour qui passait, j'avais l'impression que c'était moi et sa chamelle qui prenions le relais et qui décidions à sa place. Il se méfiait de nous, obsédé par la peur qu'on se venge de tout ce qu'il nous faisait subir. Alors, pour nous enlever l'envie, il devenait féroce. Les coups de bâton pleuvaient sur la bête et sur moi. En plus, il ne mangeait plus et voulait m'imposer le même régime. Je me levais la nuit pour voler de la nourriture.

J'ai souvent regretté qu'Ali n'ait pas coupé la gorge de Moktar. Quand Moktar me battait, je tournais autour de lui comme une bête qu'on chasse mais qui revient toujours. Je le mordais à pleines dents avec mes insultes. Il crachait par terre : « Avance, allez, avance, salle petite hyène », ricanait-il. Et moi, je me disais dans mon cœur : « Je te tuerai. Tu ne m'as jamais sauvé des vagues, tu m'as volé à mes parents. Je te tuerai. »

Un midi, on venait de s'arrêter sur la batha* d'un oued bien ombragé. Au moment de faire baraquer la

* Partie sablonneuse d'un oued.

chamelle, j'ai vu qu'il titubait et qu'il se raccrochait à elle. Puis il est tombé sur le dos, le regard dans le vague. J'ai pris de l'eau et lui en ai versé sur la figure.

– Va chercher du secours, a-t-il dit, je ne vais pas bien.

Mais moi, j'ai répondu :

– J'irai chercher du secours si tu me dis comment tu m'as trouvé. Dis-moi qui étaient mes parents et jure-le devant Dieu.

Il a émis d'une voix faible :

– Approche.

Je me suis baissé vers lui, le cœur battant, et j'ai tendu l'oreille. D'abord j'ai entendu sa respiration sifflante, puis il a retrouvé ses forces pour dire :

– Ta mère, c'était une putain et ton père un chacal puant.

Il a éclaté d'un rire fou et a soulevé la tête pour me cracher à la figure. J'ai vu la haine dans ses yeux.

Je me suis relevé et j'ai suivi le lit de l'oued. Mon corps était froid et raide comme la mort. Et dans ma tête, une flamme noire brûlait : je venais de comprendre que je serais toujours seul au monde et que je ne saurais jamais qui étaient mes parents.

C'est difficile de savoir qui on est quand on ne sait pas d'où l'on vient. On se sent détaché de tout, comme le vent, comme une pierre de ciel qui traverse l'espace au hasard. On se répète toujours la même question, on imagine des choses un peu folles. Je m'imaginais que ma mère était une princesse, ou des choses de ce genre. Quelquefois, quand je croisais une femme voilée, je rêvais que ma mère se cachait peut-être sous ce voile. C'était brûlant et vif comme un éclat du soleil sur une lame de couteau.

J'ai marché, marché encore. Aujourd'hui, comme je l'ai déjà dit, je ne sais pas où est Moktar. J'ai seulement de très bonnes raisons de penser qu'il est mort. S'il est en enfer, je prie le Diable de lui faire subir tous les tourments qu'il nous a infligés à Ali et à moi. Et surtout, le Diable, qu'il ferme bien la porte.

. 2

Toute cette histoire, je l'ai racontée des dizaines de fois à Abdou. Parler me faisait du bien. J'avais des accès de fièvre; je revoyais le corps de Moktar tordu comme un ver sur le sable, sa bouche cracher ce qu'il avait dit sur mes parents. Quelquefois, je pleurais parce que je regrettais de n'avoir rien fait pour lui, mais la colère me prenait aussitôt d'avoir ces regrets. Il méritait son sort, même si je ne parvenais pas à me pardonner ce que j'avais fait. Je savais bien qu'en le quittant, je l'avais condamné à mourir.

Abdou écoutait, disait: «Bois encore un peu de thé, et va te coucher.» Je partais me coucher. Il arrivait que l'orange amie vienne s'installer dans mon rêve. Il arrivait aussi que j'éclate en sanglots tout en dormant. Je ne savais plus trop bien si je rêvais que je pleurais ou bien si j'étais réveillé. Une ombre se profilait près de mon lit, je sentais une main sur mon front. Le matin, je retrouvais une poignée de dattes auprès de moi. Je me levais, les yeux égarés, étonné d'être encore en vie après ces rêves qui charriaient des torrents aussi noirs que le sang qui coulait de la bouche de Moktar.

Donc, après avoir quitté Moktar, j'ai marché une après-midi et une nuit, et une demi-journée encore. Je n'avais même pas pensé à emporter de l'eau, et encore moins à partir avec la chamelle. Je ne me suis pas reposé un seul instant. J'ai mangé des coloquintes qui poussent dans le creux des dunes ; c'est amer et ça donne des coliques. Progressivement, j'ai reconnu le paysage, j'étais arrivé à Tineguine, un village où Moktar avait des clients.

Je me suis arrêté au puits. On m'a demandé pourquoi j'arrivais seul et où était Moktar. Je n'entendais pas très bien les questions, j'avais l'esprit encore tout remué par les paroles sur ma mère et mon père. J'ai dit la vérité, que Moktar avait eu un coup de folie, comme si un djinn s'agitait dans son corps, que du sang sortait de sa bouche, et qu'il devait être mort maintenant. On m'a demandé pourquoi je n'avais pas pris un chameau, j'ai répondu que je n'y avais pas pensé. Je ne pouvais pas raconter comment il avait sali mes parents, ni expliquer ma colère qui devait déformer mon visage quand je suis arrivé au puits.

Les hommes du village ont discuté entre eux, mais personne n'est parti à la recherche de Moktar. Le lendemain seulement, Mbarek, le fils du Qaïd*, s'est décidé ; je crois qu'il espérait récupérer les trois bêtes et la marchandise. Et Geber aussi a pris son chameau. Ils sont partis chacun de leur côté.

Quand personne ne s'est plus intéressé à moi, je suis allé trouver Abdou. Il a simplement dit « voilà Soufiane », sans rien ajouter. Je me suis assis dans la pièce où il travaillait et je l'ai regardé s'occuper de ses livres. Il ouvrait les placards, il les prenait un à un, soufflait dessus pour chasser la poussière, puis avec un chiffon, il passait de la cire sur la couverture. Les livres lui parlaient plus que j'étais capable de le faire. Il m'oubliait. Le soir, Jamila, sa femme, a apporté un plat de mil et Abdou m'a fait signe de venir manger.

Je n'étais pas encore à l'heure de raconter, je me taisais. Et la paix n'était pas en moi. Je voyais l'ombre du soir s'installer sur les dunes et je m'imaginais qu'elles faisaient semblant de s'endormir, mais qu'elles continuaient de nous guetter, silencieuses.

Quelques semaines plus tard, quand j'ai eu

---

* Chef.

confiance en Abdou, je lui ai raconté à n'en plus finir comment Moktar me traitait, ses insultes, les coups de bâton.

Je connaissais Abdou parce que c'était un bon client de Moktar. On transportait ses lettres jusqu'à Gadira, et on lui rapportait ce qu'il commandait pour ses livres, du fil pour qu'il les recouse, du cuir, de l'encre. Je ne sais pas pourquoi c'est vers lui que je suis allé ; peut-être parce que je l'avais regardé plusieurs fois en train de s'occuper de ses livres. Il oubliait tout, il ne paraissait plus voir personne. Et moi, j'avais besoin de tout oublier, de ne plus rien voir pour que ma tête me laisse tranquille.

Le matin de ma première nuit chez Abdou, je me suis réveillé en pensant à tout ce que je devais faire, traire la chamelle et jeter un coup d'œil sur les deux dromadaires, allumer le feu, préparer le thé, plier la tente sous laquelle on dormait, Moktar et moi. Mais je me suis retrouvé la tête vide, embarrassé de mes deux mains qui n'avaient pas d'occupation. Abdou était déjà assis devant ses livres, et j'apercevais Jamila près du feu dans la cour. Elle m'a fait signe qu'il y avait du pain et du lait. Quand elle a rassemblé ses chèvres pour partir, j'ai dit à Abdou :

– Je peux, si tu veux, aller garder les chèvres pour vous aider un peu.

– Pas aujourd'hui, m'a-t-il répondu, tu dois te reposer. Mais demain, oui.

J'avais envie de voir le ciel, les grandes dunes immobiles.

Le lendemain, j'ai gardé les chèvres. Autour de moi, tout était calme et bien en ordre, je veux dire le ciel bleu, les couleurs de l'erg que le soleil ravivait. Pas de vent, pas de brumes de sable. Je crois bien que je n'avais jamais été aussi heureux.

Quatre jours ou cinq jours après mon arrivée, quand je suis rentré au village avec mes chèvres, une voiture de la police stationnait devant la maison. J'ai aussitôt pensé à l'argent qu'Ali m'avait donné, et mon cœur s'est mis à cogner fort. Je l'avais tout d'abord gardé sur moi, mais la veille je l'avais dissimulé dans une cache de la cour; Abdou ou Jamila avaient dû le découvrir et avaient prévenu la police. Je me suis caché derrière un mur pour réfléchir. La police venait forcément de Gadira vu qu'il n'y avait pas d'autre poste dans toute la région. Donc s'il avait découvert l'argent, Abdou n'avait pas eu le temps de la prévenir. La police faisait simplement son travail, elle avait eu le temps d'apprendre la disparition de Moktar et enquêtait sur l'affaire. J'ai songé à m'enfuir, mais c'était la meilleure façon de faire de moi un coupable. Alors, je me suis décidé à entrer.

Mbarek m'attendait avec deux policiers qui voulaient m'interroger ; je devais les suivre chez le Qaïd, ce que j'ai fait. Ils m'ont gardé une partie de la nuit. Le Qaïd leur servait du thé, ils buvaient et fumaient, sans s'intéresser à moi, puis ils me posaient des questions, puis ils se remettaient à boire. J'ai toujours dit la même chose, que Moktar avait eu un malaise ; depuis sa dispute avec Ali, il avait un peu perdu la tête, tout le monde savait ça. Il ne conduisait plus bien sa chamelle, il oubliait les marchandises. Il s'était mis à vomir du liquide noir et épais comme une chorba du diable. Alors, j'avais suivi l'oued dans la direction du village, pour demander de l'aide.

Un policier m'a demandé :

– Pourquoi n'as-tu pas pris un dromadaire, tu l'aurais secouru plus vite. Tu as dû marcher vingt-quatre heures.

J'ai dit que la maladie de Moktar m'avait tourné la tête, et que j'étais parti dans la précipitation sans penser à rien d'autre. Il m'a reposé la question plusieurs fois, comme si ma réponse ne lui suffisait pas. Ensuite, ils m'ont laissé tranquille, et j'ai pu rentrer chez Abdou.

J'ai oublié de leur demander s'ils avaient retrouvé Moktar, ou s'il avait disparu. Je me suis aperçu que je m'en moquais ; il pouvait bien être où il voulait pourvu que je ne le rencontre plus jamais.

Plus tard, j'ai appris qu'on avait récupéré les trois chameaux, mais que de lui on n'avait pas retrouvé trace. Sans doute que les chacals et les hyènes avaient fait leur travail plus vite que les policiers.

. 3

Fatou est venue me trouver pendant que je gardais les chèvres. Elle m'a tourné autour, puis elle s'est arrêtée à quelques pas de moi, la tête en l'air, comme si elle contemplait le ciel :

– Je ne vois pas qui tu es, a-t-elle dit. Tu n'es pas d'ici.

J'ai dit non.

Elle a demandé comment je m'appelais, j'ai répondu :

– Soufiane.

– Moi, c'est Fatou ; j'ai six ans.

Elle s'est tue un moment ; je voyais à son air renfrogné qu'elle réfléchissait à quelque chose d'important, puis elle s'est décidée :

– Ce n'est pas bien de tuer, même si c'est une crapule.

J'ai demandé :

– Une crapule, sais-tu au moins ce que ça veut dire?

– C'est quelqu'un comme Moktar. Ma mère a dit que si tu as tué Moktar, tu as débarrassé la terre d'une vieille crapule.

– Pourquoi penses-tu que ce n'est pas bien de tuer une crapule puisque ta mère affirme le contraire?

Elle a répondu:

– C'est mon père. Ils se sont disputés à cause de Moktar.

J'ai dit:

– Je n'ai pas tué Moktar.

Elle me suivait comme une biquette pendant que je surveillais les bêtes. Elle me collait de près, comme si elle avait peur de se perdre. Elle n'arrêtait pas de faire la pipelette. En descendant une dune, elle s'est pris les jambes dans une touffe de sbatt*, j'ai dit:

– Fais attention, Fatou, tu vas te faire mal si tu mets tes pieds n'importe où.

Je l'ai prise dans mes bras pour la remettre debout. Elle me regardait fixement, et cela m'a intrigué. Je lui ai demandé comment elle avait fait pour venir jusqu'ici.

---

* Grandes herbes.

– Je connais par cœur les chemins autour du village. Et j'ai une bonne oreille. J'ai entendu tes chèvres.

Il y avait un acacia devant nous. J'ai demandé :

– As-tu vu comme il est beau, l'acacia ?

Elle a répondu qu'il était très beau. Il n'y avait pas d'autres arbres autour de nous. J'ai demandé :

– Et l'autre là-bas, il est un peu maigrichon, tu ne trouves pas ?

– Oui, il est un peu maigre.

Fatou était aveugle. C'est ainsi que je l'ai découvert.

Tineguine, c'était le village du vent. Il se levait souvent le soir et soufflait toute la nuit. Il rôdait encore le matin, puis finissait par s'en aller. A partir de décembre, il soufflait en tempêtes de sable. Jamila prétendait les annoncer avant tout le monde, à cause de ses douleurs qui la prenaient lorsque le temps changeait, mais elle se trompait souvent. Abdou se moquait gentiment : « Qui peut vraiment prévoir le vent ? C'est comme un djinn qui n'en fait qu'à sa tête. » Je me suis mis à vivre comme tout le monde à Tineguine, avec les caprices du vent.

Si l'harmattan avait soufflé fort, Abdou prenait son âne, lui nouait aux sabots de drôles de chaussures pour qu'il n'enfonce pas dans le sable, attachait un panier par des cordes à son bât; l'âne tirait le panier derrière lui pour remonter le sable et dégager ainsi la maison. Tout le monde faisait cela à Tineguine, après chaque tempête, du matin jusqu'au soir. Hommes, chameaux, ânes étaient réquisitionnés.

J'ai appris à conduire l'âne de la bonne façon pour que le sable remplisse bien le panier. Je mettais de larges sandales et j'attaquais la dune. Je faisais vingt montées, et quand j'en avais fait vingt, je disais encore dix, et quand j'avais fini les dix, je disais encore cinq, Abdou sera content. Au dernier voyage, je ne sentais plus mes jambes, et mes poumons étaient en feu. Je restais un moment au sommet de la dune à contempler le village, les maisons encerclées par le sable. Partout où mes yeux se posaient, je n'apercevais que la mer de sable, sauf au nord où l'on devinait, tout au loin, les montagnes de l'Adrar. Le village n'était plus qu'un trou minuscule, une toute petite tache de maisons en pisé et de palmiers jaunis par la poussière. C'est ainsi que les quelques oiseaux qui traversaient le ciel devaient le voir. Moi qui n'étais ni un faucon ni un aigle, je regardais du sommet de la dune les gens aller et venir entre les maisons, un ou deux chameaux se promener tranquillement sous les palmiers; l'envie me prenait de dévaler la pente en hurlant pour les avertir qu'il était temps de se sauver, qu'autrement le grand erg allait tous les ensevelir comme il avait déjà enseveli les maisons.

Quand j'avais fini mon travail, je faisais une marque sur le mur, pour signaler l'endroit où le sable s'arrêtait. Et après la tempête suivante, je déblayais jusqu'à ce que je retrouve la marque. Si je n'étais pas trop fatigué, je creusais même un peu plus pour faire une nouvelle marque, encore plus bas. Il ne fallait pas que le sable gagne petit à petit, mine de rien. Tant que je n'avais pas retrouvé la dernière marque, je continuais le travail avec l'âne.

A mon arrivée chez Abdou, il ne restait plus qu'une vingtaine de familles à Tineguine. Quelques murs de maisons ensevelies émergeaient encore au ras du sol. Ceux qui étaient entièrement enfouis, il arrivait que le vent en découvre le sommet, les nuits de tempête. On les apercevait le matin au réveil, mais si la tempête continuait, le sable les reprenait dans la journée. Jamila était hantée par ce mouvement des sables qui laissaient reparaître, dans le cours d'une nuit, ce qu'ils avaient enseveli depuis des années. Elle redoutait ces murs fantômes ; elle en avait une crainte superstitieuse. On avait entouré le cimetière de palissades pour que l'harmattan ne vienne pas déterrer les morts.

Les soirs de vent, je grimpais sur la dune pour voir les vagues de sable envahir le village comme des bêtes enragées, puis commencer leur danse qui allait durer toute la nuit, encerclant les maisons, s'infiltrant sous les portes, accumulant le sable contre les murs et, à d'autres endroits, dénudant les restes de maisons disparues. Le vent nous ensorcelait tous.

Les livres qu'Abdou surveillait avec soin étaient ceux de la bibliothèque. Elle avait été ensablée au fil des tempêtes, et il avait recueilli les livres chez lui. Autrefois, Tineguine avait été un grand carrefour pour les caravanes. Certaines traversaient le désert vers l'est, d'autres allaient très loin vers le sud. Il en venait de Tombouctou, d'Agadès, d'Arabie, de Syrie. Tineguine était alors une belle oasis, à la lisière de l'erg, fière de ses eaux abondantes et de sa palmeraie. Des savants s'y établirent, les caravanes leur apportaient des livres de partout.

Abdou me montra un livre où figuraient des illustrations d'une ville magnifique. On voyait des oiseaux de toutes les couleurs, des paons posés auprès de sources et de bassins, des maisons en grand nombre, des jardins fleuris, une grande palmeraie, un minaret. J'ai dit :

– Abdou, ne me dis pas qui est cette ville. Laisse-moi deviner.

Mais je n'ai pas trouvé le nom de cette ville belle comme le paradis.

Il m'a dit :

– C'était Tineguine, il y a cinq cents ans.

Je lui ai demandé de me prêter le livre quelques jours. Moi qui n'avais jamais vécu avec les livres, je ne savais pas qu'ils avaient le pouvoir de garder le souvenir du passé. Sans le livre, personne n'aurait deviné ce qu'était la beauté de Tineguine cinq cents ans auparavant, la vie, les rires, les oiseaux, la palmeraie. J'imaginais, le soir, allongé sur mon lit, que l'oasis de jadis vivait toujours sous les sables, qu'elle était comme une reine endormie, qu'il suffirait de creuser pour la retrouver et la faire revivre. Mais il aurait fallu tellement d'ânes, de chameaux, de paniers ! Et des milliers, des centaines de milliers de jours.

Le livre montrait toutes sortes d'arbres. Il dessinait à part, pour qu'on les détaille mieux, la feuille, la fleur et le fruit. Des explications écrites accompagnaient les dessins, mais je ne comprenais pas un mot de ce qu'elles disaient. Et soudain, en tournant une page, je suis tombé sur un fruit rond, pendu au bout d'une branche aux feuilles délicates. J'ai aussitôt pensé à l'orange douce qui était mon seul souvenir. Je suis allé trouver Abdou et lui ai demandé, presque tremblant, de lire l'explication. J'avais le cœur brûlant à l'idée que le livre connaissait l'orange-lune qui venait me voir dans mes nuits. La légende disait: «Les orangers furent introduits à Tineguine, au XIIe siècle, par un médecin qui, s'étant rendu en Syrie, avait guéri le fils d'un sultan. Il reçut en cadeau douze plants des plus beaux orangers qui fleurissaient dans le jardin du sultan et les rapporta dans la ville où il était né.» Le livre disait encore qu'ils étaient les plus réputés de tout le Sahara à cause de la senteur subtile de leurs fleurs et de la saveur exquise de leurs fruits. Je répétais ces mots: senteur subtile, saveur exquise. Il y avait, dormant au plus profond des sables, les racines d'orangers aux saveurs exquises.

Parfois je voyais se creuser des rides sur le front d'Abdou, et des petits traits d'amertume au coin de ses lèvres. Je crois que sa tristesse lui venait des livres qu'il aimait pourtant avec passion. Il savait, lui, ce qu'avait été sa ville autrefois. Alors, il souffrait plus que les autres habitants de ce que le vent en avait fait. Je le surprenais, pendant qu'il travaillait dans la maison, à tendre l'oreille. Il vivait toujours dans la crainte d'entendre se lever l'harmattan. Et Jamila encore plus que lui. Elle prétendait que c'étaient ses douleurs qui lui faisaient deviner l'arrivée du vent. En fait, c'était la peur, la peur, oui, qu'il recommence, ce vent d'est venu un jour pour tout bouleverser, ensabler, enfouir.

La nuit, quand je n'arrivais pas à m'endormir, je me répétais que j'avais peut-être pour mère une princesse, à qui Moktar m'avait volé, et que si c'était vraiment une princesse, alors elle savait écrire. Dans le fond d'une maison, dormant sur une étagère, un livre m'attendait. Ma mère l'avait écrit exprès pour moi, car elle avait prévu le cas où un voleur comme Moktar nous séparerait. Un livre avait bien gardé le souvenir des orangers du sultan. Le livre de ma mère se cachait quelque part. Un jour, je le trouverais, et je saurais.

Je m'endormais, apaisé par ces pensées, mais si le vent se levait dans la nuit, je me retrouvais au matin en train de tirer par la bride l'âne aux drôles de chaussures, et de chasser le sable hors du village.

Lorsque je travaillais avec l'âne, Fatou repérait facilement l'endroit où je me trouvais. Elle s'asseyait à mi-pente de la dune et chantonnait jusqu'à ce que j'aie fini. Chaque fois que je passais à côté d'elle en tirant sur le mors de la bête qui rechignait à avancer, elle criait «Hue, cocotte» et l'âne s'arrêtait aussitôt et tournait les oreilles vers elle comme pour écouter ses mots doux. Et moi, je me fâchais pendant que Fatou riait aux éclats et que l'âne, pour lui faire plaisir, se décidait à repartir.

Le bonheur de Fatou était que je m'assoie auprès d'elle, épuisé.

Elle m'étourdissait avec ses bavardages de gamine ; je lui disais « Fatou, tu me fatigues » ; alors, elle se mettait à chantonner pendant que je retrouvais ma respiration. Puis elle m'accompagnait chez Abdou, et Jamila nous donnait du thé, des gâteaux et des dattes.

. 4

Fatou venait très souvent chez Abdou. Elle était maigre ; on voyait qu'elle ne mangeait pas à sa faim. Jamila lui donnait des dattes, des gâteaux, du lait de chèvre.

Abdou la supportait derrière son dos pendant qu'il était penché sur ses livres. Il grommelait quand elle s'agitait un peu trop. Elle furetait partout, à la recherche d'un livre posé à l'écart, en explorait la forme du bout des doigts, le sentait, respirait l'odeur de cire. Elle était vive, précise, elle me faisait penser aux petites bêtes des sables, à la recherche de trésors minuscules ; une gerboise craintive qui devient effrontée quand la nuit arrive. Et c'était toujours la nuit pour Fatou.

Je ne comprenais pas comment elle trouvait avec autant de facilité la chose qui l'intéressait. Un jour, je l'ai vue avancer vers une paire de lunettes qu'Abdou avait posée près du métier à tisser de Jamila. Sa main courait sur le bois, ses doigts ressemblaient à des antennes d'insecte attirées par l'objet posé là et qu'elle ne voyait pas. Elle s'est emparée des lunettes.

Je l'ai suivie pour savoir ce qu'elle allait en faire. Elle est sortie du village, elle a grimpé la plus grande dune, celle d'où le paysage s'offrait tout entier à ses yeux qui ne pouvaient rien voir. Elle a mis les lunettes sur son nez. Comme elles étaient trop grandes, elle les tenait avec ses mains. Je me suis approché, je l'ai entendue se parler. Elle disait : « Qu'est-ce que tu vois, Fatou ? Dis-moi. » Puis elle s'est mise à réciter la liste de tout ce qu'elle voyait : les dunes, le sbatt, les arbres. Je ne voulais pas qu'elle me repère, alors je suis parti.

Abdou a cherché ses lunettes. Il les a retrouvées au bout de deux jours, posées exactement au même endroit, et il a dit « bon sang, quelle idée j'ai eue de les fourrer là ! » Fatou était très joueuse. Ça l'amusait de voler les lunettes. Elle a recommencé plusieurs fois. Quand Abdou s'est aperçu que c'était elle qui les prenait – Jamila le savait depuis longtemps, mais elle n'avait rien dit –, il l'a disputée, et elle s'est enfuie. Elle se tenait contre un palmier quand je l'ai découverte. Des larmes coulaient de ses yeux morts. Elle a pleuré tellement qu'elle a pris le hoquet. Peut-être que Jamila a disputé Abdou. En tout cas, quand elle a voulu emprunter à nouveau ses lunettes, il a fait comme s'il ne s'apercevait de rien. D'ailleurs, Fatou ne les gardait plus longtemps, elle allait faire un tour dehors, puis elle les remettait en place.

Un jour que je gardais les chèvres, elle est venue avec les lunettes et s'est assise auprès de moi. Elle m'a dit :

– Regarde, Soufiane, j'ai des yeux magiques. Raconte-moi ce que je vois.

Je lui ai raconté ce qu'elle voyait avec ses yeux magiques. Les biquettes, les sommets de l'Adrar au loin, le ciel, les rubans de sable que le vent soulevait sur les crêtes ; on dirait des renards qui s'enfuient. Elle a dit :

– C'est exactement comme ça que je vois. Mais tu as oublié les oiseaux.

J'ai cherché les oiseaux, il n'y en avait pas un seul. Alors je lui ai raconté les oiseaux, tels que je les avais vus dans le livre d'Abdou, les paons qui faisaient la roue auprès de bassins magnifiques, des oiseaux jaunes et rouges dans les jardins. Elle souriait. Ensuite, je lui ai raconté la grosse buse, blanche et brune, avec un bec recourbé, qui passe son temps à faire des ronds à la recherche des gerboises et peut-être bien aussi des lézards. Elle a applaudi des deux mains :

– Oh, oui, bravo, c'est exactement comme ça que je la vois, cette vilaine buse.

Une autre fois, en me rendant au puits, j'ai entendu des cris dans la maison du Qaïd. Mbarek est sorti en tirant Fatou par le bras. Elle se laissait traîner en faisant sa tête de mule. Il s'est mis à la fouiller en hurlant que c'était une voleuse, qu'elle devait lui rendre ses lunettes de soleil. Fatou l'a mordu au bras, et Mbarek a crié « sale petite peste ». Il l'a giflée, ensuite il a ramassé un bâton et s'est mis à la battre. Fatou s'est recroquevillée, se protégeant la tête avec ses bras pendant que les coups de bâton pleuvaient.

Je ne me souviens plus très bien, mais je crois que j'ai repensé à Moktar. Je me suis jeté sur Mbarek et lui ai balancé mon poing dans la figure. Il a passé sa main sur sa lèvre fendue et m'a regardé sans comprendre, et moi non plus je ne comprenais pas très bien. Il était plus fort que moi. Il m'a renversé par terre et j'ai passé un mauvais quart d'heure. Quand je me suis relevé, tout estourbi, il y avait un cercle de gens autour de nous. Le Qaïd m'a dit « tu protèges les voleuses, maintenant ». Il m'a fait enfermer.

J'ai passé le reste du jour et toute la nuit au cachot, sans manger et sans boire. J'étais coincé entre quatre murs qui empêchaient de faire plus de trois pas à la suite. Le sable était froid et sentait l'urine. Quand la nuit est venue, j'ai senti les murs s'effacer dans le noir. Si j'ouvrais ou si je fermais les yeux, c'était le même paysage sans couleurs, sans lumière et sans ombres. J'étais emporté très loin du village, aspiré dans un trou sans fond. J'ai failli hurler, mais je ne voulais pas que Mbarek ou le Qaïd m'entendent; ils auraient été trop heureux. J'ai mis mes mains contre le mur et je me suis laissé descendre. Toute la nuit, je suis resté assis le dos contre le mur. Tant que je le sentais au contact de mes côtes, j'étais sûr de ne pas être aspiré dans le trou noir. J'avais très mal à la tête. J'ai vomi. Quand un âne se mettait à braire, cela me rassurait, je me disais que le village était encore là, même si je n'en savais rien de plus.

J'étais furieux contre Mbarek. Il aurait pu essayer de comprendre que Fatou courait après des yeux magiques, et que c'était cruel de l'en empêcher. Il n'avait jamais cherché à la comprendre comme je la comprenais. Tout le monde se moquait d'elle. Au lieu de lui envoyer mon poing dans la figure, j'aurais pu tenter d'expliquer, lui raconter qu'elle volait aussi les lunettes d'Abdou, et comment elle avait pleuré quand il l'avait grondée. De toute façon, c'était trop tard. Maintenant, j'avais le nez enflé, je devais respirer par la bouche. J'ai pensé à l'argent de

Moktar qui était toujours caché chez Abdou, j'ai décidé d'acheter des lunettes pour Fatou.

Abdou était là quand on m'a libéré. Il ne m'a pas adressé une seule remarque. Nous avons fait tout le chemin jusqu'à la maison sans dire un mot. Fatou se tenait dans la cour avec Jamila. Elle a fait mine de ne pas me reconnaître, mais je savais qu'elle épiait tous mes mouvements. Le soir, je suis allé me coucher, et le lendemain, je suis parti avec l'âne. Après le travail, elle m'attendait comme d'habitude. Je me suis assis auprès d'elle, j'ai dit :

– Ce n'est pas bien de voler, Fatou, même si c'est Mbarek.

J'ai cru qu'elle allait se mettre à pleurer, mais elle est partie en courant. Ensuite, je crois qu'elle a regretté, car elle est revenue. Elle m'a dit :

– Je n'aime pas mon nom, Soufiane. Je veux que tu m'en trouves un autre.

J'étais encore en colère contre elle, j'ai dit :

– Quand vas-tu enfin te comporter comme tout le monde ? Arrête de faire la capricieuse.

Elle n'a pas paru blessée par ma remarque. Elle continuait à réfléchir tout haut :

– Un joli nom. Pas comme celui de tout le monde.

Elle se câlinait à mon épaule. J'ai détourné la tête, je ne voulais pas qu'elle pose sa main sur ma lèvre enflée et mon nez tout cabossé. Je me suis levé et je l'ai plantée là, toute seule. Fatou, Mbarek, le Qaïd, et Moktar qui ne s'était pas encore effacé de ma tête, c'était un essaim de mouches qui n'arrête pas de vous tourner autour. Et le lendemain, j'ai dit à Abdou que j'étais fatigué et que je voulais partir. Il m'a demandé de quoi j'étais fatigué. J'ai répondu : de tout, du sable, du vent, des palmiers rabougris, des gens. Il a posé le livre qu'il était en train de recoudre :

– Où veux-tu aller?

– N'importe où. Dans l'Adrar, le temps de réfléchir à tout ça.

L'Adrar, je le connaissais bien. J'y allais avec Moktar. On visitait des petits villages, des maisons cachées au milieu des rochers. En partant de Tineguine, j'étais sûr de trouver facilement le chemin.

– Prends l'âne avec toi, m'a dit Abdou, à moins que tu ne sois aussi fatigué de lui.

Il me regardait avec un petit sourire, mais il ne s'opposait pas à mon projet. Alors, j'ai pris l'âne, Jamila m'a donné de la nourriture pour lui et pour moi. J'ai rempli une peau de bouc, et je suis parti pour l'Adrar.

Marcher me faisait du bien. Dans l'après-midi, j'étais déjà au milieu des rochers. Je suis entré dans l'oued que j'avais l'habitude de prendre avec Moktar. On passait entre des parois qui protégeaient bien du soleil. La batha faisait un sentier très doux, clairsemé de petits acacias aux fleurs jaunes. Des oiseaux me surveillaient, je les voyais courir et voler devant moi.

Je suis arrivé avant la nuit à la guelta* que je connaissais bien. On la repérait facilement grâce à un rocher de forme humaine qu'on appelait la Vieille Femme. A cet endroit, on quittait la batha pour prendre un sentier au milieu des rochers ; au pied de la paroi, on arrivait à une mare à l'eau très claire qui aurait bien fait plaisir aux habitants de Tineguine. Il poussait là toutes sortes de buissons, de fleurs. C'était un jardin que personne ne cultive, où les plantes poussent comme elles veulent. Les gens prenaient grand soin de ne pas laisser les animaux le saccager. J'ai attaché mon âne et lui ai donné à manger.

Je me suis fait du feu et j'ai mélangé de la farine avec de l'eau pour faire une galette que j'ai cuite sur la braise. J'ai mangé aussi des figues et des dattes. Ensuite, j'ai soulevé les pierres pour chasser les scorpions avant de m'allonger sur ma couverture. J'ai vu le jour finir et les étoiles s'allumer au-dessus de ma tête. J'ai entendu les derniers sifflements des oiseaux et, quand la nuit a été bien installée, le remuement des petites bêtes qui s'approchaient de l'eau. Je suis resté longtemps comme ça, le nez collé aux étoiles,

* Mare d'eau au milieu des rochers.

les oreilles à l'écoute des petits riens qui sont dans le silence. De temps en temps une pierre se détachait de la falaise ; je l'entendais rouler dans l'oued.

Mbarek et le Qaïd rôdaient encore dans ma tête, mais ils me paraissaient loin, comme sont les silhouettes des caravanes sur l'horizon. Je pensais un peu à Fatou. Je me disais que j'aurais bien aimé la voir marcher à côté de moi sur la batha.

Longtemps, j'ai regardé les étoiles. Ou plutôt, je leur offrais mes yeux pour qu'elles s'y installent. Il n'y avait pas de vent, j'entendais seulement le frou-frou des chauves-souris qui commençaient leur ronde. Cette nuit-là n'était pas comme celle que j'avais passée au cachot, quand j'avais dû mettre mon dos contre le mur pour ne pas me sentir aspiré dans un trou sans fond. J'ai pensé encore à Fatou. Elle vivait dans la nuit, mais sa nuit n'était pas sans lumières. Elle avait ses étoiles elle aussi, je veux dire tous ses rêves de lumière, ses lunettes magiques, ses allées et venues chez Abdou et Jamila, les chèvres, les livres, les cornes de gazelle, les gens, les animaux, les objets qui l'aidaient à vivre et respirer. Et moi. J'étais pour elle comme le mur dont j'avais eu besoin quand on m'avait enfermé. J'ai eu très envie de la revoir, un peu honteux de m'être fâché à cause de ma bagarre avec Mbarek. Ses caprices ne me paraissaient pas si graves, après tout.

J'ai fini par m'endormir, et quand je me suis réveillé, la lumière moussait sur les buissons. Les étoiles avaient disparu en même temps que la nuit.

J'ai passé encore une journée et une nuit aux alentours de la guelta. Un berger est venu et je lui ai donné du pain. Il m'a donné des figues de montagne. Il ne parlait presque pas, mais il aimait chanter. Sa voix roulait dans l'oued, et s'envolait très loin. Je suis resté avec lui jusqu'au soir, puis il est reparti. Et moi, j'ai décidé de rentrer à Tineguine le lendemain. Pendant le chemin du retour, j'étais très impatient de revoir Fatou.

Elle était dans la cour avec Jamila. Elle a fait celle qui ne m'attendait pas. J'ai bu du thé avec Abdou. Elle s'est rapprochée un peu, hésitante. Plus tard, Jamila m'a dit qu'elle avait eu très peur que je ne revienne pas. Pendant toute mon absence, elle ne les avait pas quittés, demandant où j'étais parti, et pourquoi, et si je reviendrais bientôt ou si c'était pour toujours. Jamila et Abdou l'ont disputée, en lui disant qu'elle devait se calmer ; je finirais bien par revenir.

Lorsqu'elle a senti que je n'étais plus en colère, elle m'a dit :

– J'aimerais bien aller un jour dans l'Adrar avec toi.

Et moi, je repensais aux deux nuits passées auprès de la guelta, et j'ai dit :

– Fatou, j'ai trouvé ton nom. Je t'appellerai Leïla.

Elle est restée un long moment les bras croisés ; son regard tournait sans savoir où se fixer, et j'ai vu ses lèvres sourire. Elle s'est mise à danser en battant des mains :

– Approchez, mesdames et messieurs. Approchez. Je m'appelle Leïla. C'est Soufiane qui l'a dit.

Plus tard, elle s'est mis en tête d'écrire son nouveau nom. Elle est venue se câliner auprès d'Abdou. Elle voulait qu'il lui donne du papier et qu'il lui montre comment on forme les lettres. Abdou ronchonnait, disant qu'il avait autre chose à faire et que de toute façon, elle n'y arriverait pas. Mais elle ne lâchait pas :

– Tu me tiendras la main.

Abdou a haussé les épaules :

– Qu'est-ce que tu veux écrire, à la fin !

Elle a dit :

– Leïla, juste ce mot.

Abdou a dit :

– Comme tu veux. Écrivons donc Leïla.

Il lui a tenu la main et ils ont écrit ensemble, sur un bout de papier, le nom que j'avais choisi pour elle. Mais bien sûr, Abdou ne le savait pas.

– Voilà, a dit Abdou. Tu es contente ?

– Écris Soufiane, aussi.

– Écoute, tu avais dit un mot.

– Écris Soufiane, aussi, papa Abdou, juste à côté. Autrement, il va être jaloux.

Abdou m'a regardé en cherchant à comprendre, puis il l'a aidée à écrire mon nom. Elle a pris le papier et s'est envolée avec. Je ne l'ai jamais revu et Dieu seul sait ce qu'elle en a fait.

. 5

Quand Abdou a cessé de faire le professeur à Gadira, il est revenu avec Jamila à Tineguine où il était né. Et leurs enfants sont restés à la ville. Au début, il ne s'occupait pas des livres. Un vieux gardien surveillait la bibliothèque où personne n'allait jamais. Abdou a voulu la visiter, mais le vieux gardien s'est fâché. Il a dit que les livres allaient se détruire si on les exposait à la lumière; qu'ils étaient bien où ils étaient. « Qui t'a raconté ça? », a demandé Abdou. Il a répondu qu'un livre contient souvent des choses que le soleil ne supporte pas, alors il les efface avec ses rayons. Abdou est allé trouver le Qaïd:

– Regarde, la maison des livres s'ensable. La dune arrive déjà à la moitié du mur. Et le toit est en mauvais état. Si la pluie venait un jour, les livres seraient détruits.

Le Qaïd a promis de faire quelque chose, mais il n'a pas bougé. « Longues oreilles, crocs méchants, disait Abdou en parlant de lui. Un renard qui ne cherche que son intérêt. »

La pluie n'est pas venue. Mais un soir, l'harmattan s'est levé, et Abdou a pressenti aussitôt le malheur. Le sable entrait partout, les gens entendaient des voix. « Quand la tempête se lève, disait Jamila, les gens entendent toujours des voix qui disent des choses que les hommes ne peuvent pas comprendre; on sait seulement que ce sont des voix menaçantes, et parfois on entend des bruits de guerres qui se passent au loin. » Il n'y a pas besoin de comprendre ce que disent les voix pour savoir que le grand erg se déchaîne, qu'il prendra tout son temps pour ensevelir les maisons, les jardins, la palmeraie. Et que les hommes et les animaux mourront si on ne parvient plus à aller jusqu'au puits.

Chaque fois qu'Abdou m'a raconté la tempête, j'ai vu les yeux de Jamila se remplir de terreur. Elle n'espérait qu'une chose, retourner le plus vite possible à la ville. Elle n'avait jamais pu oublier le vent qui s'était déchaîné durant vingt et un jours. Impossible de sortir dans la cour, il fallait calfeutrer les portes pour que le sable ne rentre pas. Faire du feu et manger était un problème; aller au puits une expédition. Au bout de sept jours, il y a eu une accalmie, et les gens en ont profité pour refaire leurs réserves d'eau. Ils ne reconnaissaient plus les maisons, beaucoup étaient menacées et les gens s'étaient réfugiés dans celles qui tenaient le coup. Puis le vent a repris. Les gens se sont de nouveau enfermés chez eux avec les ânes et les chameaux.

Quelqu'un était resté dehors, dans la tempête. Il courait à toutes les portes et frappait des deux poings en hurlant des malédictions. Les gens le connaissaient bien et l'appelaient Touboul, c'est-à-dire « le tambour ». Il avait l'esprit un peu délirant ; on l'entendait souvent le soir chanter des choses incompréhensibles et proférer des malédictions qui retombaient tranquillement du haut de la dune sur le village. Mais dès qu'il sentait le vent, il devenait vraiment fou et hurlait plus fort que si un scorpion l'avait piqué. Puis quand le vent cessait, il revenait à ses petits délires qui ne gênaient pas grand monde. Le soir, il criait ses malédictions, et le matin, il frappait aux portes pour avoir un peu de nourriture, et il disait « Dieu vous bénisse ». On lui répondait « Dieu te bénisse aussi, Touboul. Et quand tu cries le soir sur la dune, n'oublie pas de dire merci à Dieu pour le lait et les dattes qu'on te donne ».

Touboul a hurlé ses malédictions et frappé aux portes pendant neuf jours. Puis les gens n'ont plus rien entendu. Quand la tempête s'est arrêtée, il avait disparu. On l'a cherché partout. Un jour, une vieille femme qui ramassait du bois s'est pris les pieds dans un bout d'étoffe qui sortait du sable. Elle a tiré dessus, un pied est apparu, puis une jambe. C'était Touboul qui dormait là. Abdou dit qu'en mourant, il avait gardé les yeux grands ouverts.

Les gens se sont tous retrouvés dehors à désensabler leurs maisons, les jardins, la palmeraie, car le village avait beaucoup souffert de la tempête. Il ne restait plus rien de la bibliothèque. Abdou s'est imaginé qu'en creusant, on retrouverait le toit et les murs, mais il a vite compris que tout s'était écroulé. Le Qaïd a déclaré qu'il y avait des choses plus importantes à faire que retrouver les livres, mais Abdou s'est entêté. Il a commencé à enlever le sable avec son âne. Tous les livres qu'il réparait chez lui, quand je suis arrivé à Tineguine, c'était ceux qu'il avait retrouvés.

Avec Abdou et Jamila, je suis allé souvent à l'endroit où se trouvait la bibliothèque. On mettait le sable dans deux paniers qu'on transportait à dos d'âne. Si je travaillais trop vite, Abdou me disputait. Je devais faire attention à ne pas endommager les livres par mégarde. Il en restait encore beaucoup ; on en retrouvait un de temps en temps.

Lorsque Abdou était enfant, ce n'était pas le vieux gardien qui gardait la bibliothèque, mais un cousin à lui. C'est comme cela qu'il a eu le goût à faire le professeur. Le cousin lui avait montré un jour un livre magnifique, et chaque fois qu'Abdou en parlait, même des années après, ses yeux brillaient, et je me demandais s'il n'allait pas se mettre à pleurer. C'était un livre bleu, qui étincelait comme si c'était la mer. Abdou disait que ce livre contenait des écritures, mais aussi des dessins représentant le mouvement des planètes, et des chiffres qui calculaient tout ce qui se passe dans le ciel. Le livre annonçait même les éclipses du soleil et de la lune, les moments où les planètes se rencontrent. Abdou se rappelait que son cousin qui savait lire le livre avait annoncé que le soleil se cacherait. Les gens ne le croyaient pas et se moquaient de lui. Ils se sont moqués pendant soixante jours, car il avait pris beaucoup d'avance dans sa prédiction. Mais au jour annoncé, le soleil s'était caché pendant quelques minutes derrière la lune, et tout était devenu sombre et froid à Tineguine. Même les oiseaux avaient ressenti la chose, ils étaient allés se cacher, comme si la nuit arrivait.

Le livre avait été écrit par des savants d'un peuple qui avait étudié les mouvements du ciel, le secret des nombres, la philosophie, la vie des plantes, le comportement des hommes et des animaux. Ce peuple vivait il y a très longtemps, et des savants arabes avaient traduit leurs livres, parce qu'ils connaissaient la langue de ce peuple ancien et qu'ils étaient de grands savants eux aussi. Les livres étaient arrivés à Tineguine avec les caravanes des riches marchands et des hommes de science venus s'y installer, à cause de la beauté de l'oasis. Abdou a commencé à lire et à écrire à Tineguine. Et comme sa famille avait de l'argent, on l'a envoyé à Gadira continuer ses études. C'est ainsi qu'il est devenu professeur.

Je savais qu'Abdou ne quitterait jamais son village avant d'avoir retrouvé le livre. Jamila voulait repartir à la ville et le tarabustait souvent. Mais lui, il savait que le livre était encore enfoui dans le sable, peut-être très profond, mais qu'on finirait bien par le retrouver. Quand je creusais avec lui et Jamila, mon cœur se mettait à battre plus vite chaque fois que je butais sur quelque chose. J'avais peur de m'évanouir de bonheur si tout d'un coup le livre luisant comme la mer émergeait du sable. Il m'arrive encore aujourd'hui d'en rêver la nuit. Je creuse et soudain, il est là, je le tiens dans mes mains, le livre bleu, luisant et vif comme un poisson qu'on vient de sortir de l'eau, et je me tourne vers Abdou en tremblant de plaisir : « Viens voir. Je crois bien que je l'ai trouvé. » Je sais qu'il va être très content et je regarde ses yeux, mais je ne vois jamais son expression, car c'est un bonheur si grand que je me réveille.

Leïla creusait avec nous ; elle interrogeait Abdou à propos des livres. Combien il y en avait en tout dans la bibliothèque, combien il en restait sous la dune. Abdou grommelait qu'il n'en savait rien. Elle voulait savoir aussi, je me rappelle, si les chèvres savaient lire, et cela me faisait bien rire. « Ne dis pas de sottises, Fatou, tu es grande maintenant », grondait Jamila. Je crois bien que dans sa tête, tout le monde avait le droit de lire les livres, pas simplement les savants dont parlait Abdou, mais aussi les biquettes et pourquoi pas non plus les oiseaux.

Un jour, je l'ai suivie discrètement, comme je le faisais souvent. Ce n'était pas pour la surveiller, mais plutôt, je crois, pour comprendre comment elle vivait, à quoi elle s'occupait dans son monde sans jour. La nuit, quelquefois, quand je me réveillais et qu'il faisait très noir, je me disais, voilà, tu es dans le monde de Leïla, et je cherchais à imaginer les objets, les murs, les choses qui m'entouraient. Donc je l'ai suivie cette fois-là, elle s'est arrêtée devant le mur d'une maison à moitié ensablée, et là elle s'est baissée, mais je n'ai pas vu ce qu'elle avait ramassé. Je suis revenu plus tard, et j'ai trouvé une cache où elle avait mis des affaires. Il y avait un livre, une petite bague bleue, deux pièces de monnaie, et quelques pointes de flèche comme celles qu'on trouve en surface de la dune, quand elles remontent du fond du sable. Sans doute des petits cadeaux qu'on lui avait faits ou des objets qu'elle avait trouvés. Le livre, je suppose qu'elle l'avait découvert en creusant en cachette et qu'elle avait décidé de le garder pour elle. Ce n'était pas celui qu'Abdou recherchait. Il avait une couverture grise, l'intérieur était fait de papier épais. L'écriture était régulière, sans un seul dessin. Je ne savais pas lire, je voyais seulement que les caractères étaient beaux. Plusieurs pages manquaient, comme si elles avaient été déchirées ; j'ai pensé que c'était peut-être une chèvre qui les avait mangées quand Leïla avait essayé de la faire lire. J'ai hésité à le reprendre, mais je me suis dit que c'était son secret. Quand elle bavardait avec moi, elle parlait parfois des « histoires qu'on lit dans les livres » et qu'Abdou lui avait racontées. Ce n'étaient pas les mêmes que celles qui arrivent « en vrai ». Jamais il n'y a de gens malheureux ; ou s'ils le sont, l'histoire dit qu'ils deviennent heureux.

Ebnou avait pris la suite de Moktar pour faire la tournée des villages. Il avait remplacé les dromadaires par un véhicule tout terrain Nissan qu'on appelait « le chameau japonais ». Je lui ai commandé des lunettes que j'ai payées d'avance, avec l'argent de Moktar. Je pensais tous les jours à ma commande, je me demandais comment je m'y prendrais pour offrir les lunettes à Fatou. Finalement, je les ai mises tout simplement sur son nez un jour où nous étions tous les deux seuls. J'ai dit : « Des lunettes magiques, Leïla. Celles-là, je les ai achetées exprès pour toi. » Elle n'a pas dit un mot, elle était trop émue, je crois. Elle est partie se promener avec aussitôt.

. 6

Fatou avait trois frères. Elle était la plus jeune. Son père l'ignorait, sa mère la dressait comme un bourricot, à coups de trique. Elle savait aller au puits, et s'il n'y avait personne pour l'aider, elle remontait toute seule le delou*. Quand j'apercevais son corps d'oiseau accroché à la corde, je me précipitais. Elle ne se plaignait pas, elle vivait les choses avec fatalité : « Oh, c'est lourd, hein, Soufiane. » Elle coupait les branches en bûchettes pour le feu, tournait la meule. Au moment de la guetna**, elle aidait à transporter les dattes. Et malheur à elle si elle tombait avec son chargement.

Ses frères la rejetaient. Alors, la corvée finie, elle se précipitait chez Abdou. Elle bavardait, chantonnait. Quand elle venait me voir dans les dunes, elle portait

---

* Poche de cuir attachée à une corde, pour tirer l'eau du puits.
** Récolte des dattes.

toujours les lunettes que je lui avais données. Je ne l'ai jamais vue avec au village; elle ne les mettait que pour moi. Elle se promenait au milieu des chèvres et parfois j'avais peur qu'elle tombe ou qu'elle se cogne. Je la mettais en garde. « J'ai vu, Soufiane, disait-elle. Je ne suis pas si bête. » Depuis qu'elle avait les lunettes, chaque fois que je lui faisais une remarque, elle répondait avec un petit air agacé: «je vois», « j'ai vu».

Elle avait l'art de repérer les obstacles. Que ce soit un vieux tronc de palmier, un buisson d'épines, un âne qui la voyait venir droit sur lui et n'avait pas l'intention de bouger, elle repérait aussitôt le danger et s'arrêtait. Je la voyais tourner la tête à droite, à gauche, comme pour écouter ce qui se dressait devant elle, si cela faisait du bruit, grognait, sifflait, respirait. Ensuite seulement elle s'approchait, touchait du bout des doigts avant de reprendre son chemin.

Un jour, elle n'a pas eu son pressentiment, et elle est tombée brutalement dans un trou où les gens jetaient les ordures. Elle s'est retrouvée au milieu des vieilles carcasses et des bouts de ferraille. J'étais chez Abdou quand elle est arrivée, écorchée de partout. Et son bras au-dessus du coude avait une drôle de forme, comme un bâton tordu. Jamila a nettoyé ses blessures, puis elle a montré le bras à Abdou. «C'est sûrement cassé, a-t-il dit. Soufiane, conduis-la chez ses parents et dis-leur qu'il lui faut une attelle. » J'ai reconduit Fatou chez elle. Mais le lendemain, ses parents n'avaient rien fait. Son bras était tout violet et enflé. Alors Abdou s'est fâché ; il a emmené Fatou chez la vieille Lekbira qui connaissait un peu de médecine ; la vieille Lekbira a dit qu'il fallait réduire la fracture, mais que cela allait faire mal. Elle lui a fait boire une potion, lui a enfoncé un chiffon dans la bouche en lui demandant de mordre très fort. On l'a tenue, Abdou et moi. Lekbira a tiré violemment sur le bras, et j'ai senti le petit corps se raidir brutalement.

– Voilà, c'est mieux, a dit Lekbira. Maintenant, je vais te mettre une attelle.

Elle lui a enlevé le chiffon de la bouche. Fatou a respiré un grand coup, s'est blottie contre moi. Elle est restée longtemps la tête cachée dans ma daraa. Je lui caressais les cheveux.

Dans l'après-midi, Bachir, le père de Fatou est arrivé, noir de colère, disant qu'il était assez grand pour s'occuper de sa fille, et qu'il n'avait pas peur des grands airs qu'Abdou se donnait ; ce n'était pas parce qu'il était professeur qu'il avait le droit de mépriser les gens. Abdou est resté très calme, il a laissé passer les injures, et il a simplement dit :

– Bachir, ton âme est plus noire que le cul d'un bourricot.

Il devait être très en colère lui aussi, car je ne l'avais jamais entendu dire des grossièretés.

Cela faisait maintenant trois ans que j'étais à Tineguine. Fatou avait changé, elle n'était plus la petite fille qui était venue me trouver, quand je gardais les chèvres. Elle était plus grave, et je la surprenais souvent en train de rêver. A cause de sa famille, elle souffrait, même si elle ne voulait rien en dire. Elle voulait savoir pourquoi moi, je n'avais personne, pourquoi je vivais chez Abdou et Jamila. Je répondais que peut-être quelque part, j'avais une sœur comme elle, mais si je la croisais dans la ville, ou même ici à Tineguine, je ne la reconnaîtrais pas. Et c'était pareil pour mon père et pour ma mère. Je lui ai raconté l'histoire de Moktar, et aussi le rêve que je faisais de l'orange douce et belle comme la pleine lune. Elle m'a répondu que j'avais de la chance de faire de si beaux rêves ; elle n'en faisait jamais. Puis aussitôt, comme si l'inspiration lui venait tout d'un coup :

– Soufiane, a-t-elle dit, je voudrais qu'on se marie.

J'ai éclaté de rire :

– Leïla. Tu n'as pas neuf ans. Et moi peut-être quinze, pas plus.

Elle a dit :

– D'abord si, j'ai mes neuf ans. On irait loin, dans

un pays étranger. On aurait une maison pour nous deux seulement.

La nuit ne lui apportait pas de beaux rêves, alors elle s'en fabriquait toute seule, en se promenant. Je n'aimais pas quand elle rêvait trop fort. J'avais peut-être peur que cela nous porte malheur. C'est pourquoi je l'ai rabrouée :

– Il ne faut pas dire n'importe quoi, Leïla.

J'ai regretté aussitôt mes paroles, parce que je savais que je l'avais blessée. J'ai pensé que la vie était mal faite : je souffrais de ne pas avoir de famille, elle souffrait d'en avoir une. On avait tous les deux nos rêves, mais les siens, peut-être parce qu'elle était plus petite que moi, je ne les prenais pas au sérieux.

On n'a pas reparlé de ses idées de mariage pendant un bon bout de temps. Jusqu'au jour où elle a murmuré :

– Soufiane, on ne se mariera pas.

J'ai dit :

– Encore ces bêtises.

Et j'allais me fâcher, quand je l'ai vue toute pâle.

– Ce n'est pas des bêtises. Je viens te dire adieu, on ne se reverra plus.

Elle s'est agrippée à moi de toutes ses forces. Je ne savais pas quoi faire de tant de douleur. Je lui ai pris les mains et me suis penché sur elle pour la regarder bien en face ; je savais qu'elle ne voyait pas mais cela n'avait pas d'importance, je voulais lui parler en face. Je lui ai dit :

– Regarde-moi, Leïla. Pourquoi veux-tu me dire adieu ?

– On déménage. Mon père dit qu'il n'y a rien à espérer ici, à Tineguine.

Bachir avait quelques palmiers, un champ qui s'ensablait et suffisait à peine à nourrir sa famille.

– Mon père dit qu'il vaut mieux vivre en ville, qu'au moins là-bas, on pourra manger à sa faim.

J'ai cru qu'ils partaient pour Gadira, mais elle m'a détrompé. Son père voulait passer le fleuve Sénégal et tenter sa chance dans une grande ville d'un autre pays.

Quinze jours après, Leïla avait quitté Tineguine. Je me rappelle très bien la veille du départ. Elle est venue me trouver dans les dunes :

– Embrasse-moi, Soufiane. Et je voudrais que tu me promettes une chose.

J'ai dit :

– Oui, je promets.

Elle a sorti les lunettes que je lui avais achetées :

– Je n'en ai plus besoin, je veux que tu les reprennes. Et je ne veux pas que tu viennes demain quand on partira.

J'ai dit :

– D'accord, je n'irai pas te voir partir demain. Mais les lunettes, je te les ai données, il n'est pas question que je les reprenne.

Elle a paru contrariée :

– Tu as promis.

– J'ai eu tort de promettre, voilà. D'ailleurs, tu as dit une chose, et tu en as demandé deux. Les lunettes sont à toi, garde-les.

Elle s'est contentée de hausser les épaules. On s'est embrassés, et elle est partie. J'étais sûr que je ne la reverrais jamais.

. 7

J'ai tenu ma promesse de ne pas aller la voir partir. J'ai demandé à Abdou la permission de prendre l'âne et j'ai remonté le sable toute la journée. Jamila est venue me disputer parce que je ne faisais pas reposer l'âne, et que j'allais lui faire prendre un coup de sang. Le soir, avant d'aller dormir, j'ai regardé Abdou s'occuper de ses livres. J'avais les jambes et les bras douloureux, le corps d'un seul bloc. Le lendemain, j'ai proposé à Abdou d'aller creuser avec lui, s'il le voulait, sur l'emplacement de la bibliothèque. Nous avons travaillé toute la journée, sans trouver un seul livre.

Pendant plusieurs jours, je me suis tué au travail. Si je levais la tête, je détestais le ciel bleu. J'évitais d'aller dans les dunes, parce que c'était toujours là que Leïla venait me rejoindre. Dès qu'un détail me faisait penser à elle, je le chassais. Mais le soir, mon attention se relâchait et son image me revenait ; j'étais trop fatigué pour lutter. J'essayais de me persuader qu'elle serait plus heureuse dans une grande ville. On s'occuperait d'elle, peut-être même qu'on la guérirait.

Une semaine à peine après son départ, le vent s'est mis à souffler. Il s'engouffrait dans les vêtements, et je devais serrer ma daraa sur mon corps pour ne pas être transformé en cerf-volant. Le sable courait au ras des dunes, il cinglait les chevilles et les pieds ; une rafale plus forte le projetait dans les airs et il retombait en pluie de poussière. C'était toujours ce même vent chaud et méchant, qui met des milliards de grains de sable en mouvement, et les envoie à l'assaut des rochers et des falaises. Alors l'Adrar souffre et gémit.

J'avais fait une nouvelle marque sur le mur de la maison, du côté menacé par la dune. En quelques heures, elle avait disparu, et tout le travail que j'avais fait après le départ de Leïla était à refaire. Toujours recommencer. En sortant du village, on voyait que le sable avait encore resserré son étreinte. Petit à petit, il étouffait les habitations. Les gens les dégageaient sans se plaindre, mais le sable revenait au premier vent. Et quand il menaçait trop la construction, alors, ils l'envoyaient à l'intérieur des murs pour remplir la pièce, et ils construisaient un étage par-dessus.

Ils vivaient tous esclaves du vent. Désensabler, dormir, désensabler, c'était leur véritable horloge. Cela durait depuis des siècles, leurs pères avaient vécu de cette manière, et eux, ils n'envisageaient pas de vivre autrement. Mais moi, j'étais jeune et je ne comprenais pas qu'on puisse passer sa vie à lutter contre une bête sournoise qui finira par vous avaler. La nuit, je rêvais que le sable rampait vers mon lit, un sable humide, gluant, qui s'avançait en se tortillant comme un serpent. Je regardais les avions qui passaient dans le ciel de Tineguine ; ces maisons-là avaient des ailes, et les gens, dedans, mangeaient, buvaient et écoutaient de la musique, et c'était aussi comme cela à Gadira, surtout dans le quartier aux touristes. Ils n'avaient pas le souci de devoir reprendre leur âne après chaque tempête, ils plongeaient dans des piscines bleues, buvaient des boissons fraîches dans l'ombre de jardins remplis de verdure. Tineguine ressemblait un peu à cela, autrefois, sur le livre qu'Abdou m'avait montré. Mais maintenant, le village subissait le sort d'un malheureux daman qu'un serpent étouffe avant de l'avaler.

Je pensais à la caravane qui avait emporté Leïla. Ils n'étaient pas encore très loin de Tineguine, deux cents kilomètres peut-être, dans la grande sebkha*.

* Étendue de sel.

A Tineguine, on pouvait rester à l'intérieur des maisons, mais eux, ils n'avaient pas d'abri. Ils avaient dû faire baraquer les bêtes, et s'étendre contre elles en attendant de continuer leur route. J'espérais qu'ils avaient pensé à emporter des pains de figue, et des galettes très dures où le sable ne peut pas s'introduire – sinon tu n'as plus que le sable à manger. J'étais sûr que Leïla pensait à moi. Je le sentais, malgré la distance. Je la voyais les yeux ouverts dans la tempête ; elle se retrouvait à égalité avec ses frères par ces jours de lumière volée où l'on ne voit même plus son voisin. Quelques petites fois, seulement, le soleil reparaît très vite entre deux bourrasques, puis on retombe dans le monde des ombres.

Ils allaient bientôt reprendre la route. Chaque jour de marche mettrait un peu plus de distance entre nous. Je n'avais pas de photo d'elle. Si j'avais appris un peu plus tôt son départ, j'aurais commandé une pellicule à Ebnou ; Abdou m'aurait prêté son appareil. J'aurais fait une photo de Leïla avec Jamila ; une autre avec Abdou, peut-être aussi avec les chèvres. Et Abdou m'aurait pris avec elle.

Il a bien fallu que je retourne dans les dunes. J'essayais de m'habituer à son absence, mais il suffisait d'un bruit pour que je tourne la tête. Je me disais que son père avait décidé de revenir, qu'elle allait surgir là, tout d'un coup. J'aurais voulu qu'un esprit la transporte par les cheveux dans les airs et la dépose tout près de moi. J'ai pleuré. Je m'en voulais de pleurer à cause d'une gamine de neuf ans. Je me disais que si elle avait été plus grande, j'aurais pris l'argent de Moktar et on se serait enfui tous les deux.

Je suis allé à sa cache. Le livre, la bague et les deux pièces n'étaient plus là. Il y avait seulement les lunettes que je n'avais pas voulu reprendre. Elle savait, dans sa tête d'enfant, que les lunettes magiques ne lui serviraient à rien là où son père l'emmenait. Qui l'appellerait encore Leïla? Leïla, c'était un nom entre elle et moi, un nom qui ne servait que dans le jardin secret qu'on avait planté tous les deux. Loin de Tineguine, elle n'avait rien à espérer.

Maintenant qu'elle n'était plus là, je découvrais que je m'étais trompé sur son compte. Je l'avais souvent prise pour une gamine capricieuse. Cette idée de vouloir qu'on se marie par exemple. Mais c'était une façon d'oublier son mal. En fait, elle était très lucide. Je la revoyais agrippée à la corde du delou; elle ne se décourageait pas. Je me précipitais pour l'aider parce que j'avais peur que le poids ne l'emporte dans le puits. Et quand elle sentait ma présence, elle se contentait de dire: «Oh c'est lourd, hein, Soufiane.» Elle savait que la vie était dure. Et quand son père avait décidé de quitter Tineguine, elle avait tout de suite compris qu'il n'y avait rien à y faire. Les yeux magiques, c'était fini.

J'ai laissé les lunettes dans leur cache. J'ai rajouté quelques morceaux d'argile pour que personne ne les déniche. Et je me suis demandé soudain comment j'avais pu être aussi stupide. Rien ne me retenait à Tineguine, j'aurais pu partir avec sa famille ; contre un peu d'argent, son père n'aurait pas refusé de me prendre dans la caravane. A la ville, j'aurais pu chercher du travail et rester auprès de Leïla. Je n'avais pas su réagir ; maintenant, c'était trop tard.

J'ai détesté Tineguine. Je vivais trop à l'écart du village et les gens me regardaient de travers. Ils se disaient sans doute que si je continuais à vivre dans le sable avec quelques chèvres, j'allais finir par me faire repérer par un djinn solitaire qui entrerait par mes narines et s'installerait dans mon corps. Et je me mettrais à lancer des malédictions les soirs de lune. Il y avait bien quelques garçons de mon âge, mais ils m'évitaient. J'habitais chez Abdou qui ne vivait pas tout à fait comme les autres à cause de ses livres. Et quand je croisais Mbarek, je voyais dans ses yeux l'éclat d'une lame de couteau.

Je suis allé trouver Abdou :

– Je ne me sens pas bien ici. J'étouffe. Les sables me rendent malade.

Il me regardait derrière ses lunettes, comme un médecin qui évalue la gravité de la maladie.

– Toutes les marques qu'on a faites sur le mur ont disparu. Combien de temps la maison tiendra-t-elle encore ?

Il a dit :

– Tu es trop désœuvré, tu ne fais rien de vraiment sérieux. Pourquoi ne veux-tu pas écrire ? Je pourrais t'apprendre, ce n'est pas trop tard. Après, je t'enverrai à Gadira, et tu poursuivras des études.

Mais j'ai secoué la tête :

– Tu sais bien, Abdou, que je ne veux pas.

– C'est Leïla, qui te manque ? C'est à cause d'elle que tu n'as pas pensé à apprendre à lire et écrire. Pour elle, tu lisais le livre qu'elle te demandait de lire, avec ses lunettes magiques.

Ses paroles m'ont surpris, car je ne lui avais jamais parlé de ce nom de Leïla, ni des lunettes achetées pour elle. Peut-être que Fatou avait parlé à Jamila, je ne sais pas. Abdou me regardait avec des yeux doux et terribles. Il lisait dans mon cœur.

J'ai dit :

– Oui, Abdou, je ne suis plus bien à Tineguine, et c'est à cause de Leïla. Maintenant, rien ne me retient ici. Je n'ai pas de père, pas de mère, pas de maison. Apprendre à lire, pour quoi faire ? Je ne crois pas que les livres m'aideront à retrouver mes parents.

– Tu n'es pas bien, ici, avec nous? Tu sais que tu es notre fils.

– Je le sais. Jamila est ma mère, et toi, tu es mon père. Mais c'est moi qui n'arrive pas à être votre fils. Je veux partir, Abdou.

Son regard s'est voilé:

– Où veux-tu aller? Voudrais-tu rejoindre Fatou?

– Tu sais bien que je ne la retrouverai jamais. Elle est peut-être au Sénégal, ou au Mali, qui peut dire où son père a décidé de les emmener! C'est un vieux fou. Non, je veux simplement retourner à Gadira.

Je sentais que je lui faisais de la peine, alors j'ai dit:

– Je ne vous oublierai pas, Abdou. Je reviendrai vous voir, c'est promis.

Il s'est efforcé de sourire:

– C'est vrai que ma vie n'a rien d'intéressant pour toi. J'ai les mains tout usées à force de fouiller dans le sable. Demain matin, je te dirai ce que je pense.

Le lendemain, il m'a dit:

– J'ai pensé à ton affaire, Soufiane. Pourquoi n'irais-tu pas trouver mon fils Adnan? Je vais lui écrire une lettre, et il te prendra dans son commerce. Comme ça, tu ne seras pas trop perdu à ton arrivée. Après, tu feras ce que tu voudras.

J'ai attendu le passage d'Ebnou qui a bien voulu m'emmener. C'était un après-midi, assez tard. Le chameau japonais a grimpé lentement les dunes, et Tineguine a disparu de ma vue. J'ai cru ce jour-là que je ne reverrais jamais le village, malgré ma promesse que j'avais faite à Abdou et Jamila.

8

Adnan m'a donné du travail et m'a logé chez lui. Il était propriétaire de La Palmeraie Verte, une grosse épicerie qui fournissait les hôtels en produits frais. Sa maison était grande, j'avais une chambre rien que pour moi, décorée de faïences vertes et bleues, avec un lavabo tout blanc. La fenêtre donnait sur un balcon où je m'installais souvent, même la nuit. Je vivais seul avec les toits et les terrasses de Gadira, avec les minarets et les antennes de télévision des grands hôtels. Au loin, il y avait la mer. Je ne me lassais pas de la regarder, je me lavais les yeux de tous les sables de Tineguine. J'aimais voir passer les pétroliers, les porte-containers, les cargos, je les suivais des yeux jusqu'à ce qu'ils disparaissent. Le soir, je les voyais se perdre dans les éclaboussures de feu que le soleil fait sur la mer. Dans la maison d'à côté, quelqu'un écoutait des chansons du pays ; c'était toujours la même voix qui chantait :

Les yeux de mon amie sont deux colombes
et son sourire est doux comme le miel,
comme le miel.
Un lion viendra et l'emportera,
mais moi sur mon cheval j'irai la lui reprendre,
le lion mourra, mourra.

J'aidais Adnan à charger le camion. On descendait le grand boulevard bordé de palmiers, puis on prenait le front de mer pour livrer l'Excelsior, l'Adrar, le Regina, l'Alcazar, la Perle du Désert, au total quinze hôtels qui accueillaient des touristes venus du monde entier. On livrait très tôt le matin, quand la ville était encore endormie. L'air était frais, les rues grises. Je regardais la plage vide, les paillotes, les bateaux de plastique rangés sur leurs supports, les chaises empilées, je regardais des mouettes mal réveillées raser les vagues.

Adnan me traitait bien. Ses ordres étaient toujours précis. Une fois qu'il les avait donnés, il me faisait confiance. Le soir, je mangeais avec ses enfants. J'avais déjà rencontré sa femme Najia, et son fils aîné, Aoussa, chez Abdou. Depuis, ils avaient eu un autre garçon, Ahmedou. Aoussa et Ahmedou m'aimaient bien. Ils venaient souvent me chercher pour que je joue avec eux. Aoussa allait à l'école. Il savait compter, lire et écrire.

Au bout de quelques jours, Adnan m'a tendu un carnet et un crayon pour que j'écrive les prix des marchandises qu'on devait livrer. J'ai dû avouer que je ne savais pas écrire. Il m'a regardé d'un air étonné, mais j'ai senti qu'il jouait la comédie. Abdou avait dû le mettre au courant. Il m'a repris le carnet et a écrit un gros chiffre sur une page :

– Je te donne cette somme si tu réussis à la lire. Il y a de quoi t'acheter une voiture américaine si tu veux.

Je suis parti. Il m'a rappelé, mais j'ai fait semblant de ne pas l'entendre. Toute la journée, je me suis promené dans les rues de Gadira. Je ne comprenais pas très bien ce qui m'arrivait. Adnan n'aurait pas dû me provoquer, c'est vrai, mais il était très gentil avec moi et faisait tout pour me sortir de mes problèmes. Sans doute Abdou lui avait-il parlé de ce qui m'était arrivé avec Moktar. Avait-il dit qu'on m'avait soupçonné de meurtre ? Ils se montraient tous trop gentils, comme s'ils voulaient me sauver d'un danger ou d'un péché, et moi, je ne supportais pas qu'on me propose d'être heureux. La rage était en moi, et toutes les blessures se rouvraient d'un seul coup parce qu'ils voulaient mon bien. Je repensais à Moktar, à Ali, à l'argent, à plein de choses qui passaient dans ma tête malade, tournaient et tournaient encore, sans jamais vouloir s'arrêter.

J'ai retrouvé la rue où Moktar habitait. Je me suis assis contre un mur et j'ai regardé la porte du hangar où j'avais dormi et travaillé toutes mes premières années. Peut-être que sa femme était encore derrière cette porte, avec ses filles, je m'en moquais bien. Je ne savais pas non plus pourquoi j'étais revenu ici. Mes plus anciens souvenirs commençaient là, derrière cette porte, mais avant ces souvenirs de ma vie chez Moktar, il y avait eu une autre vie, cachée derrière une porte infranchissable, quelques années dont je ne savais rien et qui pourtant ne voulaient pas disparaître. C'était elles qui m'envoyaient le rêve de l'orange ronde et douce comme une pleine lune.

Assis contre un mur, j'ai dû m'assoupir, car j'ai vu soudain Moktar sortir comme un diable de la porte de sa maison. Je me suis réveillé en sursaut. Ce n'était pas Moktar, mais deux policiers à cheval qui se tenaient devant moi. Ils m'ont dit qu'ils n'acceptaient pas les mendiants dans la ville ; j'ai répondu que je travaillais à La Palmeraie Verte.

– Alors lève-toi, ont-ils dit, ne reste pas assis dans la poussière. On va te raccompagner.

Je suis donc rentré chez Adnan, encadré par les deux policiers à cheval. Heureusement, il n'était pas là quand ils m'ont ramené. Il n'y avait que Khonou, un vieil homme à qui Adnan donnait des légumes en échange de petits travaux.

Les policiers lui ont demandé si j'habitais bien ici. Il a fait un signe de la tête et ils m'ont laissé. Je lui ai raconté ce qui m'était arrivé, et il n'a rien dit à personne.

Le lendemain, Adnan m'a dit :

– Moi, je n'ai pas le temps, mais Aoussa va t'apprendre à compter. Tu feras des exercices tous les jours avec lui.

J'ai donc commencé à apprendre le calcul. Aoussa était encore jeune, mais il expliquait bien et j'ai vite fait des progrès.

Adnan me laissait deux après-midi de repos. Je prenais le bus et j'allais me promener sur le mail et sur le front de mer ; j'observais les cours des hôtels, les piscines, les terrasses. A la belle saison, on entendait parler toutes les langues. Les gens se promenaient en short, en maillot de bain, avec de grands chapeaux ou des casquettes américaines, et des lunettes aux verres de toutes les couleurs, rose, jaune, violet, brun, vert. Des groupes entiers d'Allemands, de Suédois, de Français, avançaient ainsi, le long de la mer, en riant et en bavardant, le regard caché derrière leurs drôles de lunettes. J'aimais bien me sentir perdu dans la foule, ça me reposait des souvenirs de Tineguine. Je pensais quelquefois aux interminables remontées du sable, à la marque que je faisais sur le mur du côté de la dune, mon cœur se serrait quand je repensais à Fatou, à la première fois où elle avait su me trouver au milieu des touffes de sbatt.

Après l'histoire du carnet et de la voiture américaine, je n'ai pas eu d'autres problèmes avec Adnan. Il me donnait un bon salaire dont il déduisait mon logement et la nourriture. Quand j'ai su lire les chiffres et compter, je l'ai accompagné à la banque où il remettait les chèques et les billets. Il m'a dit :

– Pourquoi n'ouvrirais-tu pas un compte ?

J'ai écarquillé les yeux, comme s'il me proposait la lune. Il a demandé à l'employé de la Banque Saharienne de m'expliquer comment il fallait faire, pendant qu'il vérifiait une liasse de chèques. L'employé m'a dit que le compte serait à mon nom. Je pourrais déposer ou retirer de l'argent quand je voudrais ; j'aurais un chéquier. Dans le camion, pendant le retour, j'ai dit à Adnan :

– Mon prénom, c'est Soufiane, je ne sais pas qui me l'a donné. Moktar n'était pas mon père. Quel nom je devrais mettre sur le compte en banque ?

Quelques jours après, Adnan m'a fait venir dans son bureau, là où il avait son téléphone-fax et une grande sculpture en ébène qui représentait une gazelle buvant à une source. Il m'a dit :

– Assieds-toi, Soufiane. J'ai à te parler.

Il a sorti un paquet de cigarettes, et m'en a offert une ; j'ai dit non merci.

Il a pris le temps de m'expliquer son projet, comment il voyait mon avenir. Son fils aîné Aoussa était trop jeune encore, mais quand il aurait fait des études, il reprendrait peut-être son épicerie, ou peut-être pas. Dans les deux cas, j'avais ma place ici. Il m'a dit qu'il était comme moi, un enfant du bled ; il était fier d'avoir réussi avec La Palmeraie Verte qui marchait bien. (J'ai pensé, non tu n'es pas comme moi. Toi tu as eu Abdou comme père, et Jamila comme mère.) Ensuite, le plus dur est venu. Il a pris le temps de finir sa cigarette :

– J'en ai discuté avec la famille. On t'aime tous ici ; pour Aoussa et Ahmedou, tu es comme un frère. Alors je te propose de t'adopter. Tu seras mon fils. Tu t'appelleras Soufiane Ould Adnan. On ira chez le Qadi pour régler la question. Prends le temps de réfléchir, tu n'es pas obligé de donner une réponse aujourd'hui. Je pense ouvrir une succursale dans le camping pour les touristes, j'ai besoin de toi pour réussir.

Je ne comprenais pas bien le mot succursale, mais je n'ai pas osé le lui dire. Je comprenais en tout cas que si je disais oui, mon avenir serait assuré. Adnan mettait le bonheur à portée de ma main, il suffisait que j'ouvre les doigts pour le prendre ; j'aurais dû sauter de joie, mais c'est la peur qui est venue me nouer le ventre, une de ces peurs sournoises contre lesquelles on ne peut rien, comme quand on craint de s'endormir parce que quelqu'un pourrait être caché dans l'ombre. Ma peur devait se lire sur mon visage car Adnan m'a secoué :

– Allez, respire un grand coup, bon sang. Ce n'est pas une catastrophe que je t'annonce. Prends tout le temps que tu voudras pour donner ta réponse.

J'ai dit :

– Je réfléchirai, Adnan.

Les semaines qui ont suivi ont été très difficiles. Adnan respectait mon temps de réflexion et ne me parlait plus de rien. Moi, je me demandais si j'avais bien compris ce qu'il m'avait dit ou si j'avais rêvé. Je dormais très mal. Toutes les nuits, je me roulais dans des vagues, je sentais le sel dans ma bouche. Ali et Moktar se battaient à cause de billets de banque, Ali assommait Moktar avec une liasse de dollars qui explosait et s'envolait au vent, ça faisait une tempête de papier vert au-dessus de nos têtes ; je me réveillais tout en sueur, et je mettais très longtemps pour me rendormir. J'avais l'esprit tellement agité que l'orange-lune ne venait plus me voir. Je rêvais qu'elle allait se montrer, je l'attendais, mais elle n'apparaissait pas. Peut-être était-elle fâchée que j'envisage d'accepter ce qu'Adnan me proposait. Si je disais oui, j'allais avoir un nom, un père, une mère, mais je savais bien que ce nom cacherait celui que Moktar ne m'avait jamais révélé, que le visage de Najia masquerait celui de ma mère, et alors une terrible envie de dire non me prenait. J'aurais voulu hurler ce non pour que tout le monde l'entende, qu'il aille réveiller sous la terre, où j'espérais qu'il se trouvait, le fantôme de Moktar et lui perce les tympans.

La nuit, je m'allongeais sur le balcon et je regardais le ciel, c'était la seule chose qui me calmait, me savoir sous l'œil bleu des étoiles; j'étais heureux qu'elles brillent et qu'elles ne parlent pas. Si je fermais les yeux, je savais qu'elles me gardaient, sans rien me demander; elles étaient là, pour moi, elles veillaient. A force de fermer les yeux en leur présence, je finissais par m'endormir. Au réveil, elles avaient disparu, je me retrouvais seul, prêt à affronter la journée. Je me mettais à fredonner la chanson qui n'allait pas tarder à monter de la maison voisine:

Les yeux de mon amie sont deux colombes
et son sourire est doux comme le miel,
comme le miel.
Un lion viendra et l'emportera...
Le lion mourra, mourra.

Au bout d'un mois peut-être, Adnan m'a demandé:
– As-tu pensé à ma proposition?

J'ai répondu :

– Je ne suis pas prêt, Adnan. Excuse-moi de te faire de la peine.

– Ce qui me ferait de la peine, Soufiane, ce serait que tu acceptes pour me faire plaisir. Je ne t'en reparlerai plus. Sache seulement que ma proposition tient toujours.

Les jours suivants, j'ai ressenti une grande fatigue. Je ne regrettais rien, je ne souffrais pas, il y avait seulement cette fatigue qui me nouait les poignets, les coudes, les genoux. Et quand je respirais, sur mon balcon, c'était comme si l'air venu de la mer entrait en moi, et parcourant ma tête et mon corps, ne découvrait que des pièces vides.

. 9

Ma fatigue a passé. L'orange-lune est revenue. Je me suis retrouvé à mon aise chez Adnan, avec Ahmedou, Aoussa. Mais j'aimais aussi marcher tout seul dans la ville et me rendre sur le port. Au début, je gardais mes distances ; toute cette agitation des quais, les cris, les sirènes de bateaux, les grues géantes m'impressionnaient. Puis les bateaux m'ont fasciné, les cargos surtout qui engloutissent tellement de marchandises dans leurs cales qu'il faut plusieurs jours pour les charger et les décharger. Je marchais sur les quais, je ne me sentais pas plus gros qu'une souris devant les porte-containers qui dressaient devant moi leur muraille d'acier. J'observais les containers bleus, jaunes, rouges, que des grues géantes promenaient dans les airs au bout de leurs bras métalliques. Et les mouettes volaient tout autour en piaillant leur colère contre ces monstres qui leur prenaient le ciel.

Un dénommé Jamal a très vite repéré mes visites. Normal ! Il était surveillant du port. Ses yeux fouillaient partout, dans les moindres recoins. Jamal m'a demandé si je venais pour la beauté des bateaux ou si j'avais d'autres intentions, moins honnêtes, auquel cas il valait mieux que je transporte ma graisse ailleurs ; autrement, j'aurais affaire aux autorités du port. Il prononçait « autorités » avec l'air de quelqu'un qui en connaît long sur la question. On sentait qu'il s'entendait bien avec elles, et qu'il suffisait d'un appel, ou même d'un simple claquement de langue de sa part, pour qu'elles arrivent, les « autorités », vous attrapent par la peau des fesses avec leurs bras géants pour vous faire disparaître dans un trou noir, vite fait bien fait. J'ai répondu que je ne cherchais rien. J'aimais regarder les bateaux, c'est tout.

Une fois ou deux, Jamal m'a demandé de débarrasser des bouts de cordage, des bidons qui traînaient, et je l'ai fait pour lui. Puis c'est devenu une habitude. Quand on s'est mieux connu, il m'a emmené dans sa baraque de surveillance où il y avait une cafetière électrique, et une ampoule qui restait allumée en plein jour. On buvait du café (c'est fou ce que Jamal en buvait ; il y avait un tas de paquets dans un coin, et je ne lui ai jamais demandé ce que les « autorités » pensaient de la façon dont il se les procurait). Ensuite, je repartais rêver devant les bateaux.

Je n'avais pas, alors, une grande connaissance du monde. Je ne savais pas que la terre est vaste, et la mer encore plus. Je voyais seulement qu'il passait devant moi des bateaux capables d'avaler dans leurs cales plus de blé que tous les gens de Tineguine réunis n'auraient pu manger en toute une vie. J'observais les marins sur les ponts, en attente du départ vers des pays dont je n'avais aucune idée. J'aimais le moment où les cargos se détachaient du quai ; les hélices brassaient de la mousse, du vide se faisait entre le quai et la coque, et le cargo s'éloignait lentement. Il passait les balises avant de disparaître au loin, comme s'il s'enfonçait dans la mer. J'entendais les hommes restés sur le quai prononcer des noms : Gibraltar, Tanger, Rotterdam, Anvers, Marseille. Des noms qui sont à la mer et aux marins.

J'allais aussi dans les quartiers aux touristes. Je n'aimais pas les grands hôtels, trop blancs, trop brillants, à vous brûler les yeux ; je m'attardais auprès des fontaines ombragées par des palmiers, je m'asseyais sur les marches du kiosque à musique. Au milieu des palmiers, on avait construit un joli bâtiment qui ressemblait un peu aux grandes maisons de Tineguine. C'était la Bibliothèque du Développement Culturel. Elle servait surtout aux étrangers qui venaient y chercher des livres à lire sur la plage. Les livres exposés dans la vitrine ne ressemblaient pas tous à ceux qu'Abdou sauvait du sable. La couverture était souvent décorée par une photo ou par un dessin en couleur.

Je croyais l'avoir chassée, mais la pensée m'est revenue que ma mère avait peut-être été une princesse et que le livre de sa vie, avec le secret de mes origines, se trouvait là, dans cette bibliothèque. Je savais bien que c'était une idée complètement folle, et je me méprisais de me laisser envahir par des obsessions qui me faisaient inutilement souffrir. J'observais les gens qui entraient et sortaient. Des touristes surtout, quelquefois un homme du pays.

J'ai fini par me décider à entrer. Il y avait des livres partout, bien plus que chez Abdou. Ils tapissaient les murs et garnissaient des étagères au milieu de la pièce. Quelques touristes étaient assis devant des tables de bois ciré et lisaient. Une jeune femme s'est approchée. Elle m'a demandé si elle pouvait faire quelque chose pour moi. J'ai répondu que je voulais lire des livres.

– Quel genre de livres?

– Je ne sais pas. Des livres sur les souvenirs.

– Quel genre de souvenirs?

– Des souvenirs qui restent.

Elle a souri, mais je ne crois pas qu'elle se moquait – si j'avais lu la moindre moquerie dans son regard, je serais sorti aussitôt. Elle a répété, en hochant la tête:

« des souvenirs qui restent, des souvenirs qui restent », comme si j'avais demandé quelque chose de difficile à trouver. Alors j'ai ajouté :

– Je veux dire, des souvenirs qu'on a dans la tête, qu'on n'arrive pas à effacer. Et aussi ceux qu'on a perdus et qu'on aimerait bien retrouver.

Elle a souri encore :

– Revenez demain, je crois que je vous trouverai ça.

Le lendemain, elle m'a remis trois livres, j'ai dit merci. J'ai fait bien attention à ne pas les regarder devant elle, parce que je n'étais pas sûr de les tenir dans le bon sens vu que c'était des livres reliés en cuir rouge, sans photo, sans dessin et sans chiffres. Abdou m'avait appris peu de choses. Le livre que je lisais à Tineguine, c'était celui des dunes, du ciel, des chèvres, des lézards et des oiseaux, quand je prêtais mes yeux à Leïla. Je suis parti dans un coin de la bibliothèque et me suis assis à une table. J'ai pensé à Leïla ; il m'aurait bien fallu à moi aussi des lunettes magiques ou des yeux capables de me faire voir les premières années de ma vie, le visage de mon père, de ma mère, mais rien. Il n'y a pas d'yeux magiques pour ces choses-là.

J'ai ouvert un des livres que la jeune femme m'avait prêtés. Je n'y ai pas vu les oranges exquises du sultan comme dans le livre d'Abdou. Il y avait surtout mes yeux qui piquaient, et je ne sais pas pourquoi, je n'ai pas pu retenir mes larmes. Elles coulaient doucement, sans s'arrêter, comme un filet d'eau qui sort du rocher pour alimenter une guelta. Je crois que je pleurais à cause du fait que je ne saurais jamais rien de ma naissance, et aussi à cause de la jeune femme qui m'avait donné ces livres, et encore à cause des livres qu'elle avait choisis pour moi, uniquement pour moi. Ils étaient là maintenant sur la table, je faisais semblant de les lire, les coudes posés sur la table et la tête cachée entre les bras, pour que personne ne voie que je pleurais. La jeune femme surtout, je ne voulais pas qu'elle me voie, et qu'elle se mêle de ce qui ne la regardait pas. Je voulais être seul, à pleurer sans pouvoir m'arrêter, à cause de Leïla, des lunettes magiques, des princesses et des secrets qui sont dans les livres. Quand j'ai réussi à retenir mes larmes, j'ai continué à faire semblant de lire. La jeune femme est passée discrètement dans mon dos, et je me suis encore plus appliqué. Elle m'a demandé si ces livres répondaient à mon attente. Je n'ai pas levé le nez, j'ai répondu oui, vous les avez bien choisis. Alors, très aimablement, elle est venue se mettre de l'autre côté de la table, en face de moi, pour retourner le livre que j'avais disposé à l'envers.

Je suis resté longtemps à la table, je n'osais pas me lever pour sortir, parce que je devrais passer devant elle. J'ai guetté le moment où elle était occupée avec un client ; j'ai posé discrètement les livres sur son bureau, et je suis parti.

J'ai su, plus tard seulement, qu'elle s'appelait Zeïna. Son père était Anglais et sa mère une femme du pays. Elle était différente des autres jeunes filles que je rencontrais dans la ville. Elle avait la peau sombre, des yeux verts, avec dedans des petits grains de tabac blond. Elle s'habillait comme une Européenne, avec un joli ruban dans ses cheveux bruns.

Je ne sais pas pourquoi je suis revenu, peut-être parce qu'elle ne s'était pas moquée de moi quand elle avait compris que je faisais semblant de lire. Elle avait retourné le livre – c'est tout ce qu'elle avait fait – pour me montrer que les livres se lisent mieux quand on les met dans le bon sens. Elle m'a demandé si je voulais qu'elle me choisisse des titres comme la première fois, j'ai dit non, je vais les choisir moi-même. J'ai choisi les plus beaux livres, je me suis assis à une table, sans les ouvrir. Je regardais seulement comme ils étaient beaux.

En levant les yeux, j'ai aperçu un petit miroir de surveillance, et dedans, les yeux verts de Zeïna qui m'observaient. J'ai continué à regarder les livres, je ne faisais pas semblant de lire, je me remplissais le regard de leur beauté ; je me sentais tout proche d'Abdou, là-bas, à Tineguine, en train de rêver à la beauté du livre bleu qu'il espérait un jour retirer des sables. Lorsque je me suis décidé à partir, j'ai pris mon courage à deux mains ; Zeïna se tenait à l'entrée, je me suis planté devant elle :

– Est-ce que vous croyez qu'il est trop tard pour que j'aille à l'école ?

Elle m'a demandé mon âge, j'ai dit d'un air décidé que j'avais quinze ans. Elle m'a dit qu'elle allait réfléchir.

Quelques jours après, elle m'a dit :

– Mon père donne des cours toutes les semaines. Si cela vous intéresse.

Après le travail, je suis allé une fois par semaine aux cours de la Bibliothèque du Développement Culturel. En fait, c'était surtout Zeïna qui les donnait. Son père allait et venait à travers les rangées de livres pendant que sa fille s'occupait de nous. Nous étions une dizaine d'élèves, surtout des employés des hôtels. Elle était patiente, attentive. Elle m'a appris à former les lettres, à repérer les mots, à les prononcer. Elle nous faisait aussi un peu d'anglais : *Good morning, good evening, may I help you, sir ?* Le soir, après le cours, je m'arrangeais pour traîner un peu, et elle discutait avec moi pendant que son père tournait autour des étagères. J'avais confiance en elle. Ce n'était pas comme avec Leïla, non (d'abord Leïla était une enfant, et elle une jeune femme). Elle était silencieuse, effacée presque, mais toujours attentive. Et je ne sais pas pourquoi, je lui racontais des tas de choses, moi qui n'aimais pas me confier aux gens. En rentrant chez moi, sur le chemin, je revoyais ses yeux, ses lèvres, les reflets orangés de ses cheveux bruns. Je crois bien que j'étais heureux. Je repérais cela à des petites choses, comme le fait de chanter. Je me rappelais les chansons qu'Ali m'avait apprises quand on n'en finissait pas d'avancer dans l'erg avec Moktar, et aussi celle de la radio voisine : *son sourire est doux comme le miel, comme le miel.* Un jour que je chantais sans y prendre garde, Najia est passée derrière moi et m'a dit : « Comme tu es joyeux, Soufiane, tu dois être amoureux. »

J'ai appris très vite à lire et à écrire. Je ne voulais pas décevoir Zeïna. Le soir dans ma chambre, je révisais la leçon, j'écrivais. Aoussa venait me voir, il lisait mes cahiers, et un jour, je me suis aperçu que je lisais plus vite que lui.

Zeïna me prêtait des livres. Dans ma chambre, je touchais la couverture où elle avait posé ses doigts ; je savais qu'en ouvrant le livre, ses mains guidaient les miennes, et qu'en lisant, ses yeux m'accompagnaient le long des lignes ; c'était comme si on explorait ensemble le contenu des livres. Je l'entendais rire de contentement derrière mon épaule, quand je tombais, dans ma lecture, sur quelque chose que je ne connaissais pas. Je découvrais le monde.

J'ai lu des contes du pays, des livres de géographie, l'histoire du Sahara, celle des peuples berbères, appris leurs poésies, le ghna, le gaf qui chantent la guerre et l'amour. Je comprenais pourquoi Abdou prenait tant de soin à retirer les livres des sables, il ne fallait pas que la beauté du monde se perde.

On commençait souvent la leçon par la récitation. Quand mon tour arrivait, je rougissais un peu si c'était un poème d'amour ; je l'avais tellement appris en pensant à elle, que je ressentais de la gêne au moment de le réciter en public. Je me cachais aussi bien que possible derrière les mots du poème, et je les remerciais en secret de me permettre de lui dire, sans avoir l'air de rien, que je l'aimais. Et Zeïna me disait :

– C'est bien, Soufiane. Tu connais ta leçon.

J'ai acheté un cahier. J'ai commencé à écrire un poème à son intention. C'était la première fois que je faisais une écriture pour quelqu'un. Je l'ai gardé longtemps sur moi, je le promenais, je le récitais sur la plage, mais je n'ai pas osé le lui donner. Je l'ai gardé quinze jours au moins dans ma daraa. J'en ai fait un deuxième, que je trouvais très beau. Je me rappelle encore comment il commençait :

Sur la piste de la montagne, j'ai entendu chanter, j'ai cherché d'où venait la voix mélodieuse, c'était un oiseau, il m'a dit suis-moi, il m'a conduit à la source. Une princesse s'y baignait, sa peau avait la couleur de l'ivoire, ses yeux la couleur de la nuit.

Après le cours, un soir, je lui ai dit que j'avais écrit un poème, et elle m'a demandé si je voulais le lire. Elle l'a écouté en silence, les yeux fermés pour ne pas se laisser distraire; puis elle a paru se réveiller et m'a dit:

– Elle a beaucoup de chance la femme pour qui tu as écrit ça.

Je n'ai pas osé lui dire que c'était pour elle. En traversant Gadira pour rentrer chez moi, j'avais l'esprit rempli de regrets, mais en même temps, je ne savais plus très bien pour qui j'avais composé mon poème. Je l'ai récité en marchant, et j'ai senti que tous les vers allaient bien pour Leïla; je l'ai récité encore une fois, en pensant à ma mère, et tous les vers aussi lui convenaient.

Est-ce que je me trompais? Non, c'était ça, aimer. J'aimais Zeïna. Je l'aimais à m'en réveiller la nuit, à rêver qu'elle était dans mes bras ou bien qu'on s'embrassait sur la plage, comme je voyais faire les touristes. J'étais heureux et impatient, je ne pensais plus qu'aux soirs où j'allais la revoir. Et le cours terminé, je trouvais toujours un prétexte pour rester. Et dès que je la quittais, je ne pensais plus qu'au moment où j'allais la revoir.

Voilà, j'étais heureux, et je me demandais si j'allais oser lui dire un jour que je l'aimais, alors j'ai acheté une enveloppe où j'ai écrit son nom et son adresse, Bibliothèque du Développement Culturel, Gadira. Dans l'enveloppe, j'ai mis un nouveau poème, et une autre feuille avec ces mots: « Pour Zeïna, que j'aime. »

J'ai gardé l'enveloppe plusieurs jours sur moi, sans oser la poster. Je savais bien que dès qu'elle serait tombée dans la boîte, je ne pourrais plus rien arrêter. Je suis allé au cours, je me disais: je veux la voir et l'entendre encore une fois, et au retour, je posterai la lettre.

Je me souviendrai toute ma vie de ce soir-là. Zeïna nous a fait réciter un poème. Nous avons fait ensuite une dictée et un peu de lecture. Puis elle a dit que le cours était terminé, et que pour elle, c'était le dernier, car elle retournait en Angleterre. Un élève lui a demandé:

– Vous partez en vacances?

Elle a répondu:

– Non, vous ne me reverrez pas. Dans une semaine, je pars pour l'Angleterre où je vais me marier. Mon mari est anglais, nous allons vivre à Londres.

Les autres ont applaudi et ils ont aussitôt demandé si elle les invitait à son mariage. Elle a répondu en riant :

– Oui, bien sûr, mais je ne vous paie pas le voyage.

Et moi, j'ai senti le sang se retirer de ma tête, je n'entendais plus rien, ma vue se troublait. Elle a compris ce qui m'arrivait, parce qu'elle m'a demandé de rester, et quand je suis resté seul avec elle, elle m'a dit :

– Regarde-moi, Soufiane.

Elle me fixait de ses yeux verts.

– Il y a une femme dans ton cœur, et tu es dans le cœur d'une femme, mais tu ne sais pas encore qui elle est.

J'ai dit oui. Mais en même temps, j'avais une envie folle de la frapper à cause de ce qu'elle m'avait fait.

Il m'a fallu des semaines pour comprendre que justement, elle ne m'avait rien fait. Elle nous avait donné des cours, elle m'avait aidé de tout son cœur, mais son cœur n'était pas à moi, et c'est moi qui n'avais pas voulu m'en apercevoir ; je n'avais rien voulu voir ni savoir, de sa famille, de ses relations. J'avais décidé, dès que je l'avais vue, qu'elle était à moi, rien qu'à moi, avec ses cheveux bruns aux reflets orangés, ses yeux verts, ses bras, ses mains. Je m'étais fait un monde pour vivre uniquement avec elle : les poèmes, mes rêveries. Je ne voulais pas la partager. Tout cela était ma faute. Et maintenant, je me réveillais du beau rêve, avec mes yeux pour pleurer.

Je n'ai pas remis les pieds dans la bibliothèque. Je ne voulais pas courir le risque de la rencontrer avant son départ. Je préférais oublier dès maintenant, tout effacer, elle et son Anglais. Ou du moins essayer.

. 10

Une nuit, juste avant le lever du soleil, j'ai quitté ma chambre sans réveiller personne. Je m'étais habillé d'un tee-shirt et d'un jean. J'avais rempli un sac avec mes affaires (le cahier, mais j'avais arraché les pages de poèmes; une calculette qui me servait pour l'épicerie, du linge, ma daraa), et je suis parti à pied vers le port. J'ai frappé à la cabane de Jamal qui dormait encore et m'a ouvert, les yeux pleins de sommeil. Il m'a dit: « Toi, t'as pas envie de rater le départ. Il n'arrive que cet après-midi. » Avant de se recoucher, avec son doigt, il a montré la cafetière électrique.

J'ai bu du café, en attendant qu'il se réveille. Et j'ai pris sa place dans son lit quand il est parti au travail. Il est revenu deux ou trois fois boire du café, mais il n'avait pas de nouvelles. Dans l'après-midi, il m'a enfin prévenu que le *Seabird* entrait au port. Je devais l'attendre, jusqu'à ce qu'il voie Xénos.

Mon sac était prêt, je n'avais rien à faire. J'ai encore bu du café, qui me faisait un goût épais dans la bouche. Allongé sur le lit, je flottais dans un nuage immobile ; le temps, avec ses heures, se détachait de moi. J'étais dans la baraque de Jamal, et personne n'aurait pu me faire revenir en arrière. Je voulais oublier Zeïna, Adnan, Najia, Aoussa, Ahmedou. Tout ça était du passé, un passé que j'avais enfermé dans la lettre laissée sur la table de ma chambre en partant. « Adnan, ne t'inquiète pas pour moi. Je veux naviguer, voir le monde. Merci pour tout. Soufiane. » Je ne pensais plus qu'au moment où j'allais franchir la passerelle du *Seabird* et m'enfouir dans un cargo aussi grand qu'une ville. J'allais oublier Gadira pour toujours, sans regrets. Mesdames, messieurs, je vous salue. Amis touristes, faites de jolis rêves dans vos hôtels blancs pendant que Soufiane s'en va. Même si vous veniez sur le quai pour le supplier de rester, rien ne le ferait changer d'idée. Et toi Moktar, du fond de l'enfer, réjouis-toi : ton sale argent a servi pour acheter ma place sur un bateau.

Et quand Jamal est rentré, j'ai vu dans son regard que c'était arrangé. Il m'a tendu un papier avec ma photo :

– Tu t'appelles Belabbès. Les autres, sur le *Seabird*, ils n'ont pas plus de nom que toi, mais si tu veux, pour le capitaine du *Seabird*, et pour Xénos, tu t'appelles Belabbès. C'est joli Belabbès, non? C'est moi qui t'ai trouvé ça.

J'ai dit oui, c'est joli, j'aurais pu dire aussi bien que c'était moche. Belabbès, le *Seabird*: des noms pour en oublier d'autres. Belabbès, c'était bon pour tourner la page, on verrait bien ce qu'il y a derrière. Pour l'instant, il me restait quelques heures, et j'ai dormi, et Jamal m'a réveillé pour me conduire jusqu'au *Seabird*. Belabbès, ça n'avait vraiment aucune importance.

Le gros type qui s'appelait Xénos m'attendait sur le pont. Il m'a examiné des pieds à la tête, en se demandant sans doute comment on pouvait être aussi maigre. Il parlait anglais, j'ai compris qu'il disait:

– Ton boulot, c'est d'aider le cuisinier. Je vais te montrer ta couchette.

J'ai fait un salut à Jamal, tout en bas, sur le quai. On n'était déjà plus du même monde, lui au milieu des dockers qui s'agitaient comme des fourmis, et moi, sur le cargo géant qui m'emportait. J'ai balancé mon sac sur ma couchette, et Xénos m'a emmené à la cuisine où régnait Big Lin, un Chinois de plus de deux cent cinquante livres, qui sentait le graillon et les épices.

Je me suis retrouvé devant un tas de légumes à éplucher pendant que Big Lin faisait frire des beignets.

J'ai servi le repas, ensuite j'ai lavé les gamelles. J'aimais bien tremper mes mains dans l'eau chaude, mais Big Lin m'a disputé parce que j'avais mis trop de produit et que la mousse débordait de partout. Plus je rinçais, plus la mousse gonflait, ça n'en finissait pas, et Lin grognait parce que je gaspillais l'eau: «Crazy boy, Crazy boy, rince, rince». Le surnom m'est resté: Belabbès dit Crazy boy, dit Rince-Rince. La mousse a fini par disparaître par le trou de l'évier.

Big Lin m'a dit:

– *O Kay, Crazy boy, go to sleep. Tomorrow, six.*

Le bateau est resté deux jours à quai. Pendant tout ce temps, j'ai épluché les légumes, lavé les gamelles. Pas une seule fois, je ne suis sorti sur le pont. Je ne voulais pas qu'à regarder la ville des regrets naissent en moi. Enfin, vers le soir, j'ai senti les moteurs ronronner, le bateau s'est mis à vibrer, et j'ai su, caché derrière ma montagne de légumes, que l'heure du grand départ avait sonné. J'étais content de ne pas être dehors en train de regarder la terre s'éloigner. Le *Seabird* m'emportait sur ses ailes et commençait à jouer avec la houle, son amie de toujours. Gadira et la côte se détachaient de moi comme une vieille peau, je me retrouvais écorché, les nerfs à vif, jusqu'à ce que la nouvelle peau repousse, mais je crois bien que j'étais heureux. La douleur de devoir partir, d'oublier Zeïna, Adnan, les bonheurs qu'on m'avait proposés et ceux qui m'avaient été refusés, c'était comme le goût d'une amande douce amère.

En sortant de la cuisine, tard le soir, j'ai pu enfin me promener sur le pont. Les lampes du château arrière découpaient une petite île de lumière encerclée par la nuit; on ne devinait même pas l'avant du cargo. La mer et le ciel avaient la même couleur sombre. Les lumières de la côte dessinaient une ligne très fine de couleurs jaunes et blanches, avec de temps en temps un peu de vert, de rouge. Le *Seabird* les ignorait; il faisait l'amour dans le noir avec la houle. Je l'entendais respirer, ronronner, comme un cachalot qui peut aller sur des milles sans rien voir, sans rien entendre sinon le bruit des vagues glissant sur son corps. Un animal géant m'emportait au bout du monde.

J'ai regardé longtemps cligner les lumières de la côte, puis elles ont disparu pendant qu'au loin les faisceaux tournants d'un phare se mettaient à balayer le ciel. Un, deux, trois, quatre, cinq, six : un rayon frappait le *Seabird*; un, deux, trois: un deuxième rayon passait. Puis il fallait attendre six pour voir le premier rayon revenir. Le *Seabird* se laissait caresser par les signaux du phare. « On sait bien où tu es », murmuraient les rayons lumineux. « Moi aussi, je vous connais », répondait le *Seabird* dans le noir.

« Faisons un bout de chemin ensemble, si vous voulez bien, mais après, je vous laisserai derrière moi. L'océan est grand, je m'en vais très loin. J'emmène mon ami Belabbès au bout du monde. »

Je n'ai pas osé explorer le bateau ; je ne savais pas si j'avais le droit d'aller sur l'avant, là où sont les cales pleines de marchandises, et j'avais peur de me perdre dans la nuit. Alors, je suis resté encore un peu à respirer le vent. Gadira, la terre, les lumières, le phare disparaissaient tour à tour, le *Seabird* continuait sa route, ses feux allumés au nez des étoiles. Je suis rentré dormir.

La cabine avait deux couchettes. Big Lin occupait celle du haut. Je l'entendais grimper à l'échelle ; je me disais que si la couchette cédait, j'allais mourir écrasé sous deux cent cinquante livres de graisse. Je ne comprenais pas pourquoi il avait décidé de dormir en haut, ce gros hippopotame. Plus tard, je lui ai proposé de changer, mais j'ai lu dans ses yeux qu'il ne fallait pas insister. Big Lin tenait à ses coins et à ses habitudes. L'après-midi, quand il avait quelques heures à lui, il s'allongeait sur une chaise longue, dans un endroit du pont protégé du vent et de la pluie ; il restait là, à contempler les oiseaux. Dans un coin de la cambuse, il avait aménagé un petit autel avec une statue du Bouddha où brûlaient toujours deux petites bougies. Xénos avait tenté de les lui faire éteindre, à cause des risques d'incendie, mais il s'était fâché si fort que Xénos n'avait pas insisté. Et là-haut, contre le plafond de sa couchette, il avait punaisé des images saintes ; il voulait être sûr de rester bien seul, le nez au plafond, avec elles.

Les jours suivants, on n'a plus vu la terre. A la cuisine, je me débrouillais bien et Big Lin me disait : « *Good, Crazy boy. Good* ». J'étais devenu un rapide pour éplucher les légumes. Et je commençais à l'aider à faire les beignets. C'était sa spécialité, à Big Lin, il en faisait avec tout : les nouilles, le maïs, la viande, le poisson, les pieuvres, les pattes de crabe, les ailerons de requin, le riz. Je l'aidais aussi à fabriquer les sauces sucrées ou acidulées qu'on servait avec. Pour me remettre des odeurs de friture, je lavais la coursive et les pièces communes.

J'ai fait le tour du cargo avec Anselmo qui était chargé de la surveillance des marchandises. Il fallait s'assurer que l'eau de mer ne pénétrait pas dans les cales, vérifier les fermetures. On veillait sur une cargaison qu'on ne voyait jamais durant la traversée. En faisant le tour, on trouvait des varechs arrivés là avec les vagues, des poissons, des oiseaux morts. Anselmo les rejetait à la mer avant que Lin ne vienne les récupérer pour les transformer en beignets.

Rotterdam était notre destination. On aurait tout aussi bien pu aller au diable, je ne connaissais rien des routes maritimes. Quelquefois, le bateau se rapprochait de la terre, j'apercevais la côte désertique, jaune et brune, avant qu'elle ne disparaisse à nouveau. On se retrouvait seul avec la mer.

On ne se lasse pas de la mer. Elle vous berce. C'est comme une peau qui vous enveloppe, un air que vous respirez. Elle ne vous a pas lâché de la nuit avec sa houle qui fait rouler et tanguer, et pourtant le matin, vous la cherchez des yeux, comme une présence qui rassure, et le soir encore, vous faites quelques pas sur le pont en sa compagnie.

Parfois derrière la mer, je voyais les sables, et derrière les sables, le visage de Leïla. Et quand la brume s'emparait du *Seabird*, je ne voyais plus rien que le halo des lumières du château arrière. J'étais seul au monde, perdu dans le brouillard qui perlait des gouttes grasses comme de l'huile. Je marchais sur le pont, je sentais mes cheveux se mouiller, ma vareuse coller à ma peau. Dans la cabine de pilotage, sur le pont supérieur, deux hommes surveillaient en permanence les écrans. Le capitaine enclenchait la corne de brume ; un souffle rauque passait sur nos têtes, on aurait dit la voix d'un dragon volant devant nous pour demander aux autres bateaux de laisser la place au gros cachalot.

Je ne savais pas, avant de naviguer, qu'il y a plusieurs sortes de brume. Celle que j'aimais le plus était la brume blanche. Le soleil n'est pas loin, il peut à tout instant la faire disparaître, mais il préfère jouer avec elle. Dans la brume blanche, les visages que j'avais chassés revenaient rôder. Je les croyais à des milles du bateau, mais ils étaient restés dans le sillage, et profitaient de la brume lumineuse pour venir me saluer. Et dès que le soleil revenait, les visages fantômes disparaissaient. Aucun des goélands qui survolaient le bateau n'était leur messager. Les oiseaux de mer n'apportent avec eux que leur propre misère, piaillent après la nourriture, et quelquefois l'un d'eux s'abat sur le pont, malade, épuisé. On tombe aussi parfois sur des poissons volants, la bouche ouverte, les nageoires palpitantes. Je les mettais bien à plat dans ma main et je les envoyais en l'air. Ils tournoyaient comme des feuilles mortes avant de piquer dans les vagues.

On était vingt hommes à bord. Chacun avait son travail et son coin. Je fréquentais surtout Big Lin, Anselmo, avec ses petites lunettes rondes, Esteban le radio qui passait ses nuits à écouter les bruits du monde. Quand les autres jouaient aux cartes, ou regardaient la télévision, Esteban tripotait les boutons de son poste, le casque sur les oreilles. Il ne m'entendait pas entrer dans sa cabine. Au début, je restais debout, contre la porte. Avec le temps, j'ai pris un siège pour m'asseoir auprès de lui. Quand il enlevait son casque, il semblait enfin s'apercevoir de ma présence. Il parlait peu, c'était moi qui devais lui demander des explications, pourquoi il disait qu'il s'appelait Oscar, Delta, Papa, Tango, avec qui il discutait, comment s'appelaient les pays des gens avec qui il entrait en contact. Esteban pouvait discuter avec le monde entier, même avec des gens qui habitaient de l'autre côté de la terre, au Kamchatka ou dans les îles Kouriles, ou à Puerto Natales. Ses deux oreilles entendaient tout cela, des voix venues de plus loin encore que de Gadira que nous avions pourtant quittée depuis des semaines.

Quand je me réveillais la nuit, je me levais de ma couchette en veillant à ne pas déranger le gros Lin, et j'allais trouver Esteban dans son local. J'étais sûr de le trouver là. J'apercevais la lumière jaune au hublot, j'entrais sans frapper, il était assis devant sa radio, le dos un peu courbé, je crois qu'il n'aurait pas pu vivre plus de quatre ou cinq heures loin de son émetteur-récepteur. Au bout de quelques semaines, il a fini par s'intéresser un peu à ma personne, et il parlait de moi à ses correspondants des îles Maldives ou de Bornéo. Quelques mots seulement, du genre «l'ami Belabbès vient de me rejoindre. Il vous salue». Mais cela me rendait très heureux que mon nom, même si ce n'était pas le vrai, soit porté jusqu'aux oreilles de gens au bout du monde. Étaient-ils comme nous, les gens du bout du monde? Avaient-ils trois yeux, deux nez? Esteban me passait des écouteurs, j'entendais leurs voix. Ils échangeaient des renseignements techniques sur la radio, décrivaient leur poste-émetteur, la hauteur de leurs antennes, à croire qu'ils avaient des antennes sur le corps et un poste émetteur à la place du tronc. Ils disaient tout ça en anglais, en espagnol et dans toutes sortes d'autres langues avec lesquelles Esteban semblait ne pas avoir de difficultés. C'était un homme des langues, Esteban. Il n'aimait pas écrire; mais parler les langues, pour ça oui. *What a good night, non c'è nebbia questa notte, buenas noches, ich bin müde, mazel tov, salamaleikum,* et tout et tout, pendant des heures de parlote avec les gens du bout du monde. Je crois bien qu'il aurait même su parler aux poissons.

Et les correspondants se succédaient sur les ondes pendant qu'au hublot de la cabine le jour se levait, avec ses nuages étirés, bleu sale, les vagues grises. J'ai encore dans ma tête le goût des nuits passées auprès d'Esteban, l'odeur des petits toscans qu'il fumait, les grésillements de la radio, la bonne chaleur de la cabine, les yeux qui me piquaient sans que j'arrive à me décider à le quitter (pourtant Big Lin me disputait si je paraissais mal réveillé).

Il m'arrivait d'avoir un peu pitié d'Esteban, à cause de son obstination à repérer toujours de nouvelles stations, de nouveaux correspondants. Il en avait besoin comme d'un alcool ou comme d'une femme. Je me disais que c'était peut-être bien justement à cause d'une femme qui l'avait laissé seul, qu'il n'en finissait pas de rechercher de la compagnie. Il y avait bien sûr l'équipage du *Seabird*, mais Esteban n'avait pas besoin de gens en chair et en os, qui parlent trop fort et sont capables de vous bousculer. Il recherchait le nid douillet du local de radio, avec toutes ces voix venues de partout, comme des anges qui t'accompagnent quand tu te sens un peu abandonné.

Esteban et moi, on ne se faisait pas de grands discours. Je ne lui ai parlé qu'une fois, au bout de plusieurs années, de mon passé, d'Abdou, de Leïla. Mais il devinait que des fantômes m'habitaient. Il devait bien croiser de temps en temps mon regard perdu, quand je pensais à Leïla qui m'avait dit un jour « Soufiane, je voudrais qu'on se marie », et je ne savais même plus où elle pouvait bien être, ou encore quand je pensais à Zeïna qui m'avait laissé une si grosse éraflure sur le cœur.

Parfois, la nuit, auprès d'Esteban, je m'imaginais qu'une voix allait parler dans ses écouteurs pour me communiquer un message. La voix de quelqu'un qui m'aurait suivi en secret chaque jour, chaque minute de mon existence, sans même que je le soupçonne. Et soudain elle retentirait dans les écouteurs : « Esteban, peux-tu dire à Soufiane qui se trouve à côté de toi que je pense bien à lui ; à lui, oui, de tout mon cœur », ou quelque chose comme ça, des choses comme on en dit parfois au cinéma. Et quand je regagnais ma couchette, les voix s'emparaient de mes rêves : « Tango, Oscar, Zoulou, identifiez-vous. Tango, Papa, Delta, qui êtes-vous ? Où êtes-vous ? Zeïna, Leïla, ici c'est Soufiane, Soufiane qui ne sait pas où vous êtes, vous entendez ? Et toi Abdou, et toi Adnan, je suis Soufiane, dit Belabbès, dit Crazy boy, dit Rince-Rince, je ne sais pas au juste, je ne connais pas mon vrai nom. »

Mais tout cela était du rêve.

Comme je l'ai dit, les voix qui discutaient avec Esteban parlaient toujours des mêmes choses : la puissance de leur poste-émetteur, le beau temps, la pluie, le soleil. Ils parlaient pour la chaleur de dire, c'était comme un babil qui répète toujours les mêmes syllabes, les mêmes sons. Delta, Tango, bonjour, au revoir, ciao, le'hitraoth, salut. Je quittais Esteban pour regagner ma couchette, et je m'endormais bien au chaud, à l'abri du vent, bercé par les ronflements du gros Lin et le ronronnement des machines.

On pouvait rester des jours sans voir la terre ; elle reparaissait quand on longeait les côtes d'Espagne, puis on la perdait de nouveau, en entrant dans le golfe de Gascogne, là où les houles se croisent et secouent durement les bateaux. On vivait dans le monde des oiseaux et des gros mastodontes qui suivent éternellement la même route, cargos, minéraliers, pétroliers, porte-containers, croisant quelquefois un garde-côte ou une flottille de bateaux de pêche. Je voyais tout cela glisser sur l'eau, se croiser, s'éloigner ; les lumières des bateaux dansaient sur l'eau comme des feux follets. Et quand le gros temps arrivait, personne ne restait sur le pont, c'était trop dangereux. Je rejoignais les hommes qui guidaient le *Seabird*, le nez sur les radars, pendant que la mer houlait et que le bateau faisait sa danse d'amour avec elle.

Une nuit, le *Seabird* a croisé un cargo qui laissait une crinière de feu derrière lui. Il était repérable de très loin, et maintenant qu'on se rapprochait, les flammes apparaissaient énormes. Nous avons fait des ronds en observant la mer, à la recherche des marins qui avaient dû sauter à l'eau. Mais on ne pouvait pas trop approcher, à cause des risques d'explosion et des courants qui auraient pu nous pousser dans les flammes. J'observais les alentours avec Anselmo, Esteban et les autres ; on croyait parfois distinguer une bouée ou une tête dans les vagues luisantes, mais la mer était trop mauvaise pour qu'on sache vraiment. Au bout de deux ou trois heures, un hydravion et des navires de la marine sont arrivés sur zone ; le capitaine a reçu l'ordre de continuer sa route.

Longtemps j'ai été poursuivi par le bateau en feu. J'entendais dans mes rêves des appels, des cris, les voix des marins que je n'avais pas vus et qui s'étaient sans doute noyés.

Le *Seabird* allait chercher de la marchandise au Zaïre, en Afrique du Sud, à Madagascar ; sa destination était toujours Rotterdam où il relâchait le temps de décharger et de faire des réparations.

Les escales étaient rares, Le Cap, Cotonou, plus rarement Gadira. En huit ans de navigation, j'y ai fait escale six fois ; mais je me gardais bien de descendre à terre. Trop de souvenirs m'attendaient au pied de la passerelle pour se jeter sur moi. C'est Jamal qui montait à bord ; je lui donnais des sacs de café achetés à Madagascar. Je lui parlais de mes voyages. Il me donnait quelques nouvelles et basta.

A Rotterdam, Esteban m'a conduit au Schipperke, un café où les équipages se rassemblaient. Il y avait la bonne chaleur, les femmes, Annie, Jopie, Truus, Marieke, la bière et le schiedam qu'ils buvaient à ne pas savoir regagner le bord. Esteban rêvait devant sa bière et tirait sur sa pipe ; une femme venait s'asseoir à son côté, il la suivait quand elle l'invitait, ils revenaient une petite heure après. Assise entre nous deux, la femme riait, passait sa main dans mes cheveux, disait « un beau garçon comme toi », mais Esteban répondait « pas d'alcool, pas de femmes. C'est un abstinent ». Et je ne comprenais pas trop bien ce que voulait dire abstinent, je savais seulement que je n'avais pas envie de m'approcher des femmes, avec leurs dentelles rouges, leurs grosses fesses et leurs seins.

Je n'étais pas guéri de Zeïna, et derrière Zeïna, je pressentais bien qu'il y avait Leïla, et derrière encore, cette femme que je n'avais pas connue, et qui était ma mère. Tout cela était si embrouillé que je ne comprenais pas grand-chose aux femmes ; j'étais heureux de remonter sur le *Seabird* où je retrouvais Anselmo qui ne descendait jamais à terre.

Anselmo cachait un secret. Il n'avait pas l'air d'un marin, et les autres l'appelaient, en se moquant, le Président. Il faisait très bien son travail, mais on sentait qu'il était arrivé sur un bateau par accident, ou plutôt pour éviter de se trouver ailleurs. On le disait recherché par la police ; certains soutenaient qu'il avait fait de la prison à cause de ses idées politiques. C'est pourquoi Anselmo avait préféré respirer l'odeur de la mer. La terre, les pays, l'Afrique, l'Europe, il les laissait se débrouiller tout seuls puisqu'ils n'avaient pas voulu de ses idées. Il vivait sur la mer parce que la mer est à tous, et qu'elle ressemble un peu au monde tel qu'il le rêvait derrière ses lunettes rondes, un monde sans frontières, ouvert sur l'horizon.

J'entrais de temps en temps dans sa cabine. Il y vivait seul, avec ses livres reliés en cuir noir, qu'il lisait à la suite, assis à sa table. A côté de lui, était disposé un paquet de feuilles de papier qu'il appelait des fiches. Il lisait et il écrivait ce qu'il comprenait sur les fiches. Je discutais de temps en temps avec lui, je voulais savoir ce qu'il y avait dans ses livres. Il m'expliquait qu'on y parlait de la façon de gouverner les sociétés, et je lui demandais ce que ça signifiait au juste; il riait de ma naïveté.

Ce que j'aimais chez Anselmo, c'était sa voix. Je le surprenais sur le pont en train de chanter des airs d'opéras italiens.

Grâce à lui j'ai appris des morceaux des chœurs de Verdi. Il aimait d'autres chanteurs, un surtout qui était de Gênes comme lui. Je ne me rappelle plus son nom, mais je me souviens des paroles qu'Anselmo chantait dix fois par jour: *luce, luce lontana più bassa delle stelle, quale sarà la mano che ti accende e ti spegne...* Et chaque fois que je les rechante, j'entends la voix d'Anselmo. Quand je me retrouvais seul sur le bateau avec lui, pendant qu'Esteban et tout l'équipage étaient à terre, je me sentais en grande complicité. Il m'apprenait des tas de choses que je ne soupçonnais même pas avant de l'avoir rencontré. Il me faisait progresser en anglais. Avec Xénos, Esteban, Big Lin, je baragouinais les mots et les tournures que Zeïna nous avait appris. Mais lui, Anselmo, il tenait à ce que je le parle correctement.

Il m'a aussi appris les sports de combat. On se retrouvait dans la salle d'équipage, il m'enseignait les clés de bras, les fauchages de jambes, comment stopper un agresseur. Comme il ne descendait jamais dans les ports, je me demandais bien pourquoi il tenait tant à être prêt pour la bagarre. Si je lui faisais la remarque, il répondait: «Toujours être opérationnel, Belabbès. Opérationnel, tu comprends ce que ça signifie?» Sur le *Seabird*, on regardait des films. J'aimais ceux où des héros repoussent des attaques d'extra-terrestres. Anselmo s'entraînait peut-être pour le cas où les forces ennemies tomberaient des étoiles pour attaquer le *Seabird*.

Et quand les autres revenaient sur le bateau, le cercle magique se rompait. Chacun retournait dans son coin, il restait seulement les airs qui traînaient dans le sillage d'Anselmo, quand il passait dans les coursives: *luce, luce lontana*... Puis je retrouvais

Esteban qui oubliait les femmes du Schipperke en se réfugiant sous son casque pour écouter les voix du bout du monde.

. 11

Moi, Belabbès-Soufiane, de père et de mère inconnus, j'ai navigué huit ans sur les mers d'Afrique et d'Europe. Je naviguerais sans doute encore si un événement important ne s'était pas produit. A la suite d'une avarie, le *Seabird* s'était dérouté sur la ville de Tanger. Il n'y avait rien d'autre à faire qu'attendre qu'on répare les machines. J'attendais donc, assis sur un ponton, en pêchant des daurades à la ligne ; je les cuisais à ma manière et les mangeais avec Big Lin, Esteban et Anselmo. Je flânais sur les quais, ça me rappelait le temps de Gadira avec Jamal. Je prenais le bus qui conduisait sur la corniche, je me baladais dans les rues où il y avait toujours quelque chose à voir, les gamins qui jouaient au ballon, la mer, toute bleue, qui se montrait au débouché des rues en pente.

Un jour, je me promenais non loin du port, et j'ai vu une femme traverser un carrefour. Elle portait une melehfa*, comme les femmes de chez nous. A la façon de lever la tête un peu haut, de marcher le corps droit, d'un pas régulier, un peu mécanique, j'ai compris aussitôt que cette jeune femme était aveugle. Elle pouvait être à vingt mètres de moi, sans même y penser, j'ai crié : « Leïla ». Elle s'est retournée puis elle a continué son chemin. J'ai couru après elle. Arrivé au carrefour, je me suis retrouvé dans une rue remplie de monde, je l'ai aperçue un peu plus loin, mais les gens me ralentissaient. Je bousculais les passants, je les suppliais de s'écarter, c'était comme dans un rêve où l'on court mais sans avancer. Je l'ai perdue de vue.

J'ai fait tous les magasins et tous les cafés de l'endroit. Je demandais si on n'avait pas vu une jeune femme aveugle, mais partout on me répondait non. Si elle habitait le quartier, j'avais une grande chance de la retrouver, car elle ne pouvait pas passer inaperçue. J'ai parlé avec un vieil homme qui tenait un kiosque, il paraissait sage et réfléchi. Il a cherché dans sa mémoire, et m'a dit qu'il était désolé, mais qu'une jeune femme aveugle, dans le quartier, ça ne lui disait rien.

---

* Vêtement traditionnel qu'une femme met pour sortir de chez elle.

J'ai marché dans les rues, j'interrogeais les gens qui me répondaient tous la même chose. Je me suis planté au milieu du carrefour où je l'avais vue, et j'arrêtais les passants. Parler d'une jeune femme, la chercher, cela ne plaisait pas à tout le monde. Mais je m'en moquais bien ; j'ai continué jusqu'à ce que la police s'intéresse à moi et m'embarque. J'ai dû m'expliquer au commissariat, leur dire que j'étais marin sur le *Seabird* et que j'avais cru reconnaître une petite aveugle, leur parler de Gadira, de Tineguine. Je crois bien qu'ils m'ont pris pour un fou, et ils m'ont fichu à la porte.

J'ai marché toute la nuit au hasard, je croisais des gens qui sortaient des cafés et des bars à matelots, et comme le jour se levait sur la ville, j'ai entendu quelqu'un me héler, c'était Esteban. Il me cherchait partout vu que je n'étais pas rentré à bord. Je lui ai parlé de Leïla, de toute cette partie de mon passé que j'avais gardée secrète. Il m'a écouté et m'a fait rentrer à bord du *Seabird* qui se préparait à reprendre la mer. J'ai dormi un peu, puis dans l'après-midi, je suis reparti à la recherche de Leïla. Il ne me restait plus que quelques heures, et je me disais que si je ne la retrouvais pas, alors tant pis, je laisserais le bateau repartir sans moi. Leïla était là, dans une de ces maisons peut-être, elle marchait tout près dans une rue voisine. On était à quelques mètres l'un de l'autre, et on allait se manquer, c'était vraiment trop bête. Je n'osais plus demander aux gens, mais je fouillais les rues, les trottoirs, les places, sans perdre espoir. J'avais mal aux yeux à cause du soleil, mal aux pieds à cause de toutes ces rues qui montent et descendent, mais il fallait absolument que je la retrouve.

Elle s'était retournée avant de disparaître dans la foule. Si quelqu'un l'avait appelée Leïla, ce ne pouvait être que moi, Soufiane, alors elle devait me chercher à son tour. Ou bien elle avait cru qu'on appelait une autre Leïla. Ou bien elle avait fait exprès de disparaître, parce qu'un autre homme l'attendait, quelqu'un qui veillait sur elle.

Je n'ai pas retrouvé Leïla. Le bateau partait dans la nuit, j'ai décidé de ne pas regagner le bord. Je me suis installé dans un bar, j'ai mangé des anchois, des olives, et j'ai bu de la bière pour la première fois de ma vie. Esteban est arrivé avec Big Lin ; ils ont fait ceux qui passaient là par hasard pour boire un dernier verre, je leur ai annoncé ma décision, ils m'ont dit qu'ils la comprenaient, et m'ont proposé de trinquer à nos adieux. J'avais déjà beaucoup bu, et Big Lin me tapait sur l'épaule en me disant « encore un dernier verre, Rince-Rince ». J'ai bu deux ou trois verres pour dire adieu à Big Lin, et encore quelques-uns pour dire au revoir à Esteban. Je leur ai dit que je ne les oublierais pas, qu'ils avaient été pour moi comme une mère, comme un père, que des amis comme eux, je n'en retrouverais jamais plus, et un tas de choses encore ; l'alcool me déliait la langue. Après, je ne me souviens de rien. Je me suis réveillé, allongé dans ma cabine, avec un terrible mal de crâne. Le *Seabird* avait quitté Tanger et faisait route au nord. Je n'étais même pas en colère contre Big Lin et Esteban qui m'avaient joué ce vilain tour, j'étais trop épuisé pour réfléchir. Quand j'ai revu Big Lin, il m'a seulement dit, avec un grand haussement d'épaules: « Ah, Crazy boy, Crazy boy ! » Esteban, lui, était à son émetteur-récepteur.

Anselmo n'avait pas trempé dans la combine, je me sentais donc en confiance avec lui. Il n'ignorait pas qu'ils m'avaient ramené de force sur le *Seabird*, et il se gardait bien de donner son avis. Mais je sentais qu'il les approuvait. Après tout, je n'avais fait qu'apercevoir une silhouette de femme que j'avais identifiée à une gamine qui n'avait pas dix ans quand on s'était quittés. Anselmo m'enseignait la raison en toute chose. Et cette course dans les rues de Tanger n'était pas raisonnable. Derrière ses petites lunettes rondes, son regard me sondait. Il n'avait pas besoin de parler pour que je comprenne le message : « Qu'est-ce que tu cherches au juste, Belabbès ? Moi j'ai choisi de vivre sur la mer parce que j'ai déjà goûté à la terre, et que je n'attends rien de bon de personne. Mais toi ? Est-ce que tu vas courir toute ta vie après des fantômes ? As-tu seulement une fois dans ta vie tenu une vraie femme dans tes bras ? » Voilà à peu près ce que me disaient les yeux d'Anselmo. Et moi, à cause du regard d'Anselmo, je commençais à me demander ce que je faisais sur le *Seabird*, pourquoi je passais mon temps à courir après des disparus : mes parents, Zeïna, et Leïla. J'ai repensé à Gadira, à La Palmeraie Verte, à Adnan, à mon copain Jamal. Là-bas au moins, des amis m'attendaient. Si je prenais la décision, à la prochaine escale, de franchir la passerelle du *Seabird* pour mettre mon sac à terre, je vivrais avec des vivants et non plus avec des ombres. Il suffirait que j'évite la Bibliothèque du Développement où dormait un fantôme.

Ce fut mon dernier voyage avec le *Seabird*. J'ai débarqué à Gadira un jour du mois d'avril. Pendant ces huit années, je n'avais pas dépensé grand-chose et j'avais mis une jolie somme de côté que je versais régulièrement à la Banque Maritime, sur le compte de Belabbès. J'ai retrouvé Jamal. Il m'a aidé à louer une maison, un peu à l'écart de la ville, sur les hauteurs. Je voyais les toits de Gadira, la mer. Pendant des semaines, je n'ai rien fait. La chaise longue était ma compagne : elle m'aidait à remettre un peu d'ordre dans mes pensées. Et un jour, fatigué de ne rien faire, je suis allé à La Palmeraie Verte. J'étais sûr qu'Adnan me pardonnerait de m'être enfui, huit ans auparavant. Quand je suis arrivé au magasin, je n'ai pas reconnu tout de suite le garçon qui tenait la boutique. C'était Aoussa. Il m'a dit que son père allait revenir.

Adnan n'a pas semblé surpris de me revoir. Dans son bureau, à côté du téléphone-fax et de la gazelle, il y avait un ordinateur tout bleu :

– Je suis content que tu sois là, m'a-t-il dit. Le magasin s'est agrandi et j'ai ouvert une boutique près des bungalows. Il y a du travail pour toi si tu veux.

Il ne m'a rien demandé sur ce que j'avais fait durant tout ce temps. J'ai repris le travail, et les habitudes sont vite revenues. Je l'accompagnais dans le camion pendant qu'Aoussa s'occupait du magasin. J'étais heureux d'inventer des choses pour améliorer les livraisons. J'ai passé mon permis. Adnan m'a laissé conduire le camion et faire les livraisons tout seul.

Les hôtels s'étaient multipliés sur le bord de mer. Le terrain de camping s'était transformé pour accueillir des bungalows. Adnan y avait une annexe de son épicerie, L'Oasis, que tenait son beau-frère Selem. Quand j'avais fini mon travail, je garais le camion près de L'Oasis, et je donnais un coup de main. J'observais les touristes. Ils me paraissaient moins étranges depuis que j'avais vu leurs semblables en Europe. Je parlais anglais avec eux, ça aidait bien.

Un jour, Adnan m'a signalé qu'il avait repéré une maison à vendre, et qu'elle me plairait sans doute. Je lui avais dit mon intention d'acheter quelque chose pour être chez moi. Je suis allé la voir avec lui, c'était une belle bâtisse entourée par un mur de pisé : quatre pièces et une jolie cour intérieure. Elle n'était pas très neuve : un mur menaçait de crouler, on apercevait le ciel à travers la terrasse du toit. J'ai tout de suite su que je l'aimerais ; elle m'attendait, elle était faite exprès pour moi. Cela ne me faisait pas peur qu'elle soit un peu malade, au contraire. Travailler à la remettre en état, c'était une bonne façon d'en faire vraiment ma maison. Je serais un peu comme Anselmo sur son bateau, retiré du monde ; j'aurais mon refuge à moi.

Elle était située entre La Palmeraie Verte et les hôtels, dans un quartier tranquille. Adnan m'a aidé à faire les formalités, et j'ai pu l'acheter avec l'argent que j'avais mis de côté lorsque je naviguais. J'ai invité Jamal, Adnan et sa famille, Selem, pour faire la fête. Et tous les jours, après le travail, je me suis mis à réparer ma maison pour la faire belle. J'ai commencé par la terrasse. J'y ai installé un matelas, et la nuit, je regardais les étoiles.

. 12

Je repensais parfois à Esteban, Big Lin et Anselmo. A Anselmo surtout. Je ne sais pas ce qu'il aurait pensé de mon nouveau monde, au milieu des hôtels, des bungalows, des foules du bord de mer. Gadira changeait, mais ce n'était pas dans le sens qu'il aurait souhaité en lisant tous ses livres. Ici on s'amusait, tout était fait pour distraire les touristes : planches à voile, pédalos, jet-skis, terrasses-bars, pizzerias-couscous, vendeurs de glaces et marchands de souvenirs. J'aimais bien regarder, dans le hall des hôtels, les affiches de cinéma, les annonces de soirées folkloriques, danses locales, chanteurs, courses de dromadaires, présentations d'animaux venimeux du désert, et je ne sais quoi encore. Une affiche montrait une femme, la voyante de l'Adrar, consultations le soir de dix-sept à dix-neuf heures. Amour, argent, tout ce que vous vouliez savoir sur votre avenir, la voyante de l'Adrar allait vous le révéler. On avait peint des yeux extra-lucides, très bleus, dans un visage noir comme l'ébène, et sur un côté de l'affiche, des montagnes rouges que semblait scruter la voyante. Des yeux capables de lire à cœur ouvert.

En passant devant l'Alcazar, j'ai revu la même affiche en plus grand. C'était là qu'exerçait la voyante de l'Adrar. Il n'était pas dix-sept heures, je me suis assis sur un muret et j'ai attendu sans trop savoir ce que j'espérais. C'est alors qu'une jeune femme est arrivée, vêtue de noir, se guidant à l'aide d'un bâton. Elle est passée à deux mètres de moi et je l'ai reconnue aussitôt. Leïla. Leïla était à Gadira, elle m'avait frôlé, à me toucher presque. Je ne rêvais pas, non, j'étais calme et lucide, ce n'était pas comme à Tanger. Leïla était bien là, je venais de la voir.

Elle s'est arrêtée devant l'Alcazar, le temps de prendre ses repères, elle a passé la porte, et je me suis dit que cette fois, je n'allais pas la poursuivre ; j'allais sagement l'attendre. Peut-être qu'elle venait consulter la voyante ; elle finirait bien par ressortir. Je me suis préparé à ce que j'allais lui dire. J'avais peur de rêver, mais en même temps j'étais certain de ne pas me tromper. Et le cœur me battait fort en pensant qu'elle allait sans doute consulter la voyante, peut-être bien pour savoir ce que j'étais devenu, depuis tout ce temps.

J'ai attendu deux heures. Plusieurs fois, j'ai eu envie d'entrer dans l'hôtel, mais j'ai résisté, et je l'ai vue enfin ressortir. Elle venait vers moi, d'une démarche à la fois prudente et décidée, et j'ai eu tout le temps d'observer son visage: c'était bien elle, la petite Fatou, de Tineguine. Quand elle est arrivée à ma hauteur, j'ai murmuré: «Leïla». Elle a eu un moment de surprise, hésité, alors je l'ai suivie, et je l'ai entendu dire, comme à elle-même:

– Il n'y a plus de Leïla. Leïla est morte depuis longtemps.

J'ai répété d'une voix plus forte:

– Leïla.

Mais elle a crié presque:

– Il n'y a plus de Leïla, Leïla est morte à Tineguine.

Une femme l'attendait. Elle a cru que je l'importunais et s'est précipitée vers moi:

– Qu'est-ce que tu lui veux? Dégage, allez, dégage.

Je n'ai pas insisté. Leïla est montée dans une voiture. J'ai entrevu un homme qui conduisait.

Leïla était à Gadira. Je l'avais espérée, cherchée à Tanger, elle était de retour. Quel chemin avait-elle parcouru pendant toutes ces années où j'étais sans nouvelles? «Il n'y a plus de Leïla.» Ce n'était pas la voix de la petite Fatou, mais d'une jeune femme déjà, qui avait dû beaucoup souffrir. En tout cas, j'étais sûr que c'était bien elle : Leïla, Tineguine, qui d'autre aurait pu savoir? Elle m'avait reconnu. Elle savait que j'étais ici, dans la même ville.

Je suis allé rôder dans le hall de l'Alcazar, et c'est alors seulement que j'ai compris : la voyante de l'Adrar, c'était elle. L'affiche disait : de dix-sept à dix-neuf heures. C'était exactement le temps que j'avais attendu. Je n'ai pas voulu y croire tout d'abord, c'était trop monstrueux. On avait transformé une aveugle en voyante extra-lucide, un bon truc pour émouvoir les touristes et gagner pas mal d'argent. J'ai repensé aux lunettes magiques «dis-moi Soufiane, ce que je vois». Des bouffées d'innocence me remontaient avec les souvenirs, puis c'est la colère qui est venue, contre cette femme qui m'avait dit de dégager, contre l'homme qui conduisait la voiture et faisait de Leïla un animal de cirque. La colère.

Le lendemain soir, je me suis posté devant le hall et je l'ai vue arriver. Comme la première fois, elle m'a frôlé, mais je n'ai rien dit. J'ai seulement pensé : elle s'attend sûrement à ce que je sois ici ce soir. J'ai gravé en moi son visage, des traits d'une grande beauté qui faisaient un écrin à ses yeux devenus nacrés. J'ai attendu un bon moment, puis je suis entré dans le hall, j'ai dit à la réception que je venais pour la voyante. On m'a indiqué le prix; je pouvais payer en ouguiyas ou en dollars. On m'a donné un jeton et dit d'attendre auprès d'une porte qui donnait sur le hall. Deux personnes étaient avant moi. Je me suis assis et j'ai attendu.

Quand mon tour est venu, je tremblais de tous mes membres. Elle a dit *good evening* et j'ai répondu *good evening.*

Elle m'a demandé :

– *Have you got an object that would tell me something about you ? A ring, a picture**?

Elle débitait tout ça comme des phrases apprises, avec un drôle d'accent.

La petite pièce, une sorte de placard à balais, était toute tapissée de rouge. Un rideau masquait la lumière d'une lucarne. Contre le mur, dans son dos, la grande affiche de la voyante. Maintenant qu'elle était devant moi, j'hésitais presque à reconnaître Leïla dans cette femme habillée de noir, aux joues et aux lèvres maquillées, qui me parlait d'un ton si triste. Je scrutais son front, sa bouche, ses joues, à la recherche de la petite Fatou. La vie l'avait changée, mais je retrouvais des indices, sa façon de plisser les lèvres par exemple.

J'avais envie de lui avouer qui j'étais, mais à sa question, j'ai répondu :

---

* Avez-vous un objet qui pourrait me dire quelque chose sur vous ? Une bague, une photo ?

– *Sorry, I don't have anything. I don't want to know my future anyway. It would be better if you could read things from my past**.

Elle a tendu la main pour me prendre la mienne. Avec son doigt, elle a suivi les lignes et dit :

– Vous n'êtes pas un touriste. Vous êtes d'ici, mais je ne peux absolument pas lire votre passé, ni votre avenir, c'est trop embrouillé.

J'ai dit :

– Dommage, mais ça ne fait rien. Un objet pour vous aider, j'en aurais peut-être eu un, mais il est resté dans un village où j'ai vécu.

– Quel est cet objet ?

– Des lunettes. Une paire de lunettes que j'avais offertes à quelqu'un que j'aimais. Si vous êtes voyante, vous savez sûrement où elles se trouvent.

Elle a gardé ma main un moment dans les siennes, je sentais qu'elle tremblait. Les larmes ont coulé sur ses joues. Puis elle s'est levée brusquement et m'a dit d'une voix brutale :

– Va-t'en, Soufiane. Fiche le camp. Je t'ai reconnu hier, au premier son de ta voix.

Il y avait tant de détresse en elle que je me suis avancé pour lui prendre les mains, mais elle m'a repoussé violemment :

---

* Désolé, je n'ai rien. Et je ne veux pas connaître mon avenir. Ce serait mieux si vous pouviez lire dans mon passé.

– Va-t-en, je t'ai dit. Fiche le camp. Leïla est morte depuis longtemps. Tout ça, c'est du passé. Du passé, tu entends !

Elle était au bord de la crise de nerfs et j'ai cru qu'elle allait se mettre à hurler. Alors je suis parti. J'ai marché comme un somnambule, je ne voyais personne, je n'entendais pas les cris, les rires. Une phrase ne quittait pas ma tête : « je t'ai reconnu au premier son de ta voix ». Je me la répétais sans cesse, pendant que les souvenirs de Tineguine me revenaient, brûlants comme l'éclat du soleil. Je n'ai pas fermé l'œil de la nuit.

Le lendemain soir, j'ai emprunté le scooter de Selem, et j'ai attendu qu'elle sorte. Je n'ai eu aucun mal à suivre la voiture qui s'est arrêtée devant Le Lézard Rouge, une boîte à la mode.

Alors, j'ai demandé à Adnan de prendre une journée de congé, et je me suis posté, tôt le lendemain, sur le mail, en face du Lézard Rouge. Je n'ai pas eu longtemps à attendre : dans la matinée, Leïla est sortie avec son ange gardien, la femme qui m'avait repoussé le premier soir. Elle a traversé le boulevard et s'est mise à se promener sur la plage pendant que l'ange gardien s'installait dans un transat et allumait une cigarette. Leïla est allée jusqu'à la mer, elle a enlevé ses sandales et s'est mise à marcher dans les vagues. J'ai attendu qu'elle soit assez loin pour la rejoindre, l'air de rien, comme ferait un touriste. Elle a senti ma présence, j'ai dit :

– Leïla, c'est moi, Soufiane. Je viens te chercher.

Elle m'a dit encore une fois de partir, mais doucement, sans se fâcher. Elle restait là, les pieds caressés par les vagues. Je lui ai demandé :

– Pourquoi veux-tu que je m'en aille, Leïla, maintenant qu'on vient de se retrouver ?

Elle était très nerveuse, inquiète :

– Tu ne connais pas Charlie, a-t-elle dit. Il est capable de te tuer, et moi avec.

– Qui est cette femme ?

– La maîtresse de Charlie. Si elle te voit, il sera informé aussitôt. Va-t'en, je t'en supplie.

Alors j'ai dit :

– Je m'en vais, puisque tu le veux. Mais ce soir, je viens à l'Alcazar, et demain, et tous les soirs jusqu'à ce que tu acceptes de venir avec moi.

Je l'ai quittée, sans attendre de réponse.

Tous les soirs, je me suis rendu à l'Alcazar. Il y avait plusieurs réceptionnistes, ce qui me permettait de ne pas me faire trop remarquer quand j'achetais mon jeton. Leïla me reconnaissait dès mon entrée. On avait un quart d'heure, pas plus, si on ne voulait pas attirer l'attention. Elle parlait par bribes, et jamais je ne lui posais de questions. Je lui parlais de moi, du *Seabird*, de Rotterdam, de Big Lin, d'Anselmo, de mes rêves fous d'entendre un jour sa voix par la radio d'Esteban, du jour où j'avais cru la reconnaître à Tanger. Et quand je ressortais, je pensais aux choses qu'elle m'avait dites ou laissé entendre, je reconstituais sa vie par morceaux. Elle était arrivée à Dakar avec toute sa famille, sa mère était morte la première année. Bachir, son père, faisait des petits boulots qui ne rapportaient pas grand-chose jusqu'à ce qu'un métis nommé Charlie l'embauche comme balayeur dans son restaurant. Charlie avait eu de gros ennuis avec la justice, pour proxénétisme et trafic de drogue, il avait fait quatre ans de prison. La police le surveillait, il s'arrangeait avec elle en distribuant des bakchichs. Au début, il avait proposé à Bachir de mettre Leïla à mendier dans la rue ; il garantissait sa protection. Plus tard, il avait eu l'idée d'en faire une voyante. Elle avait refusé, il avait convoqué son père et il l'avait marquée devant lui de trois brûlures de cigarettes au poignet. Ce qui faisait le plus honte à Leïla, c'est que son père assistait à la scène et n'était pas intervenu : Charlie lui avait promis un quart de la recette. Elle s'est mise à faire la voyante, et donnait l'argent à Charlie qui la battait quand elle n'en rapportait pas assez. Je lui ai demandé comment elle se débrouillait dans son rôle de voyante. Elle m'a répondu qu'elle essayait de donner autant de bonheur qu'elle pouvait aux gens qui venaient la trouver.

Chaque jour qui passait, elle devenait un peu plus l'esclave de Charlie. Il s'est mis à abuser d'elle, et les brûlures de cigarettes s'alignaient sur son bras et sur son épaule si elle résistait. Je me suis mis à le haïr.

J'ai supplié Leïla de venir avec moi; elle n'avait de comptes à rendre à personne: «J'ai une maison qui m'appartient, je t'emmène dès ce soir.» Elle rétorquait que je ne connaissais pas Charlie; il me retrouverait et on le paierait très cher tous les deux. Alors j'ai dit : je vais aller trouver Charlie.

Je n'ai pas eu besoin d'aller le voir. Il m'attendait dans le hall de l'Alcazar. C'était un gros type, tout en graisse, la peau luisante. Costume blanc, impeccable. Il m'a dit:

– Ton avenir ne doit pas être très brillant. Il paraît que tu viens tous les soirs pour essayer d'y voir clair.

Je ne sais pas pourquoi, mais il n'y avait aucune peur en moi, aucune excitation, rien. Il faisait peut-être bien cent livres de plus que moi, mais ça ne m'impressionnait pas. J'ai dit :

– Je suis venu chercher Leïla.

Il a été étonné d'entendre ce nom-là. Alors, j'ai insisté:

– Leïla, c'est son vrai nom. Il y a plein de choses qu'elle t'a cachées.

J'ai senti qu'il hésitait, comme un joueur qui n'est pas sûr des cartes de son adversaire. Il se rappelait certainement ses ennuis avec la police, il a fait celui qui voulait négocier :

– Es-tu de la famille ? Si c'est ça, on peut discuter du prix et je te la rends.

J'ai répondu que le prix ne serait pas élevé vu qu'il l'avait exploitée assez comme ça.

Il a pris un ton jovial :

– Viens demain soir, au Lézard Rouge, à l'heure de l'apéritif.

Il m'attirait chez lui, le piège était gros, mais je m'en moquais bien. Je n'avais qu'une idée en tête : lui reprendre Leïla. J'ai seulement corrigé l'heure. Je viendrais avant 17 heures, pour que Leïla soit présente.

J'ai frappé le lendemain à la porte du Lézard Rouge. L'ange gardien m'a ouvert aussitôt et m'a fait traverser la piste de danse. Charlie était au bar. Il fumait. J'ai dit :

– Je viens chercher Leïla.

. 13

Il me tournait le dos, exprès. Cachait-il un revolver ou un couteau, je ne pouvais pas le savoir. Anselmo m'avait appris à me méfier des gros et j'étais sur mes gardes. Il est descendu de son tabouret, en prenant tout son temps. Ses lunettes de soleil, qu'il prenait bien soin de garder, m'empêchaient de lire ses intentions :

– Je pourrais te corriger pour te passer l'envie de te mêler de ce qui ne te regarde pas.

J'ai dit :

– Leïla, ça me regarde.

Il a eu un drôle de gloussement qui faisait trembler son double menton :

– Mais je suis bon prince. Je te la laisse, ta Leïla, elle m'a coûté assez d'argent comme ça. On peut discuter du prix.

Il avait surtout peur de se mettre une nouvelle affaire sur les bras, après ce qui s'était passé à Dakar. J'ai dit :

– Tu l'exploites depuis des années, et tu me demandes de l'argent.

Alors, les rideaux ont bougé, Leïla s'est avancée vers nous. Elle a dit d'une voix très calme :

– Leïla n'est pas à vendre. Viens Soufiane, on s'en va.

Vif comme un chat, Charlie l'a attrapée au poignet et l'a projetée contre le bar. Il lui tordait le bras, et la maintenait cambrée contre lui. Leïla grimaçait de douleur, mais elle ne criait pas, elle était bien trop fière.

– Lâche-la, Charlie.

Il prenait plaisir à la soumettre devant moi. J'ai remarqué qu'avec son autre bras, elle cherchait quelque chose. Je voyais sa main se déplacer discrètement, comme faisait la petite Fatou quand elle cherchait les lunettes d'Abdou. J'ai parlé à Charlie pour détourner son attention, mais il s'en est aussitôt aperçu et lui a arraché le couteau qu'elle tenait déjà dans sa main.

– Regarde cette salope, elle serait capable de me tuer.

Il l'a giflée ; la tête ballottait sous la violence des gifles. Je me suis précipité et lui ai tordu le bras pour retourner le couteau contre lui. J'étais très calme et je savais que j'allais le tuer. Je le haïssais suffisamment pour être sûr de moi. Des mots me revenaient en mémoire : *Ce n'est pas bien de tuer, même si c'est une crapule, c'est mon père qui l'a dit.* J'entendais tous ces mots venus de si loin, du temps de ma première rencontre avec Fatou, je ne savais pas pourquoi ils me revenaient tout d'un coup, au moment où j'allais tuer Charlie : *Ce n'est pas bien de tuer, même si c'est une crapule, c'est mon père qui l'a dit, une crapule, ce n'est pas bien...* Ma main était un étau. Le couteau se rapprochait de son ventre. Avec mon autre bras, je lui serrais le cou pour l'empêcher de respirer. Il a réussi à me donner un violent coup de pied au tibia, alors je l'ai déséquilibré, très proprement, comme je faisais dans mes entraînements avec Anselmo. Il est tombé sur le couteau. Il était là, dans son sang, je ne savais pas s'il était mort ou s'il vivait, mais vu tout le sang qui s'étalait par terre, il était clair qu'il ne s'en tirerait pas.

– Viens, a murmuré Leïla, ça ne sert à rien de rester.

J'ai dit :

– Au contraire. Je vais prévenir la police.

J'ai appelé depuis le téléphone du bar. La femme et deux autres personnes nous regardaient sans oser s'approcher. Elles voyaient tout ce sang, peut-être qu'elles se disaient que ça ne valait pas le coup de se mêler de cette affaire, et que si Charlie était mort, après tout...

La police est venue. Leïla s'est avancée :

– C'est moi qui l'ai tué.

J'ai dit aux policiers qu'il ne fallait pas l'écouter, c'était moi. Elle leur a montré son poignet :

– Il me battait, il me brûlait avec des cigarettes. Alors je l'ai tué.

J'ai répété que c'était moi, Soufiane, qui l'avais tué par accident.

Ils ont demandé :

– Comment as-tu fait ?

– Il avait pris le couteau, il me menaçait. Je lui ai fait une clé au bras et en se battant, il est tombé sur le couteau.

Ils ont interrogé Leïla :

– Pourquoi dis-tu que c'est toi ? Est-ce que tu sais ce que tu risques ?

Elle a répondu :

– Si j'avais eu le couteau, c'est moi qui l'aurais tué. Je le jure devant Dieu.

Ils ont demandé de nouveau si elle savait ce qu'elle risquait en disant de telles choses. Elle a répliqué :

– Ce type-là était un salaud.

Ils ont relâché Leïla en disant qu'elle devait se tenir à la disposition des autorités, et j'ai demandé qu'ils l'emmènent à La Palmeraie Verte. A moi, ils ont passé les menottes et je me suis retrouvé en prison. J'y ai passé quatre mois, en attendant mon procès. Adnan est venu me voir avec un avocat. Ce sont les seules personnes que j'ai pu rencontrer pendant ces quatre mois. Je pensais à cette sale affaire, je ne regrettais rien. Charlie était un truand.

L'avocat a établi un gros dossier. Grâce à ce que lui a raconté Leïla, il a pu obtenir des documents du Sénégal, qui montraient que Charlie avait été condamné à quatre ans de prison pour proxénétisme et trafic de drogue, et qu'il avait été soupçonné plusieurs fois de meurtre. L'avocat était très confiant. Il me disait : « Tu ne prendras pas plus d'un an. »

Je pensais à Leïla, jour et nuit. Quand Adnan venait me voir, je mourais d'envie de lui demander des nouvelles, mais les questions ne venaient pas jusqu'à mes lèvres. Ce qui nous liait, Leïla et moi, n'appartenait qu'à nous deux, je ne voulais pas qu'un autre s'interpose. J'étais sûr qu'elle aussi pensait à moi. J'avais tué Charlie à sa place, elle le savait, elle l'avait dit à la police en s'accusant du meurtre. La nuit, quand je ne dormais pas, je la savais présente. Une chaleur montait dans mon corps, je respirais son souffle. Les murs ne peuvent rien contre ces choses-là.

Adnan savait bien que j'attendais des nouvelles, même si je ne posais pas de questions. Il disait:

– Elle va bien. Elle est dans la chambre que tu avais chez nous. Najia s'entend bien avec elle.

Ma gorge se nouait. Je demandais:

– Et la maison?

– On s'en occupe. Ahmedou y va tous les deux ou trois jours. Ne t'inquiète de rien.

Le jour du procès, quand on est venu me chercher en cellule, je me sentais envahi par une paix semblable à celle que l'orange-lune répandait dans mes rêves. Je ne regrettais pas ce que j'avais fait, et j'étais décidé à le dire devant le tribunal. Et si on me demandait si j'avais agi par amour, je répondrais oui.

En entrant dans la salle du tribunal, j'ai cherché vainement Leïla. Il n'y avait que des hommes. J'ai reconnu Abdou qui m'a semblé vieilli. Le juge m'a demandé de raconter comment j'avais tué Charlie. Je l'ai fait du mieux que j'ai pu. Puis les questions sont venues, très précises. A certaines, je devais répondre uniquement par oui ou par non. On m'a demandé si j'avais tué par jalousie, j'ai répondu non; si j'aimais Fatou, j'ai dit oui. On s'est étonné que je l'appelle Leïla, j'ai raconté comment Fatou, à Tineguine, m'avait demandé de lui trouver un nom. Elle n'avait pas dix ans, elle venait souvent garder les chèvres avec moi, parce que sa famille la maltraitait.

Abdou a été appelé à la barre, il a confirmé mes paroles. Il a raconté l'histoire du bras cassé et de l'attelle, et m'a décrit comme un garçon travailleur et intelligent, ajoutant qu'il m'avait toujours estimé depuis qu'il m'avait accueilli chez lui. Ils ont demandé comment j'étais arrivé à Tineguine, et alors, l'affaire de Moktar est arrivée sur le tapis. L'avocat m'a bien défendu. Je l'avais renseigné sur cette histoire, et il s'était procuré le rapport de police. Il a pu prouver que Moktar avait été pris de folie, que je n'étais pour rien dans cette affaire. Il était d'ailleurs vraisemblable que Moktar m'avait volé à mes parents.

Le tribunal a prononcé le verdict: neuf mois d'enfermement. Alors je suis retourné à la prison pour cinq nouveaux mois. Tous les quinze jours, je recevais la visite d'Adnan, et j'ai eu aussi une fois celle de Jamal qui avait obtenu un laissez-passer.

En prison, j'ai travaillé à l'atelier où l'on cousait des tongues qui se vendaient aux touristes. En dehors des heures d'atelier, je lisais pendant que les autres jouaient aux cartes. Il n'y avait pas de bibliothèque, seulement, dans un coin de couloir, deux rangées de livres poussiéreux. J'ai pris le premier livre de la première rangée le premier jour, et j'ai lu tous les autres à la suite. J'étais en train d'attaquer la première rangée pour la troisième fois quand j'ai été libéré. On était quatre par cellule. On sortait dans la cour, et là, je m'asseyais et je fermais les yeux pour me laisser baigner par la lumière du soleil qui nous était donnée une heure par jour seulement. Puis je lisais, et je comptais les jours.

Un mois environ avant ma libération, j'ai été appelé au parloir. Je m'attendais à trouver Adnan ; c'était bien lui, mais accompagné de Leïla. Elle était assise sur le banc réservé aux visiteurs, devant la grille qui nous séparait. Adnan avait sans doute payé un bon prix, car il s'est retiré en compagnie du gardien pour nous laisser seuls quelques minutes. Elle portait une melehfa noire, brodée de motifs dorés. J'étais heureux qu'elle se soit faite aussi belle, avec le khôl à ses paupières et le henné à ses doigts, et ce parfum qui l'entourait.

D'abord on ne s'est rien dit. Depuis tous ces jours où l'on vivait ensemble à force de penser l'un à l'autre, on avait un peu peur des mots. Puis on a dit des petits riens : Abdou était reparti pour Tineguine, l'épicerie marchait bien, Adnan pensait ouvrir un petit hôtel. On a reparlé de Tanger où j'avais cru l'apercevoir, je lui ai dit comment Big Lin et Esteban avaient dû me soûler pour m'empêcher de rester à terre – je désirais tellement la retrouver –, elle m'a redit qu'en lui racontant cette histoire, je lui faisais un beau cadeau, mais qu'elle n'avait jamais bougé de Dakar. Elle y avait passé neuf ans, jusqu'à ce que Charlie, suite à toutes ses histoires, décide de s'installer à Gadira. C'était plutôt une bonne nouvelle, elle se disait qu'elle réussirait peut-être à s'enfuir et à retourner à Tineguine, chez Abdou et Jamila.

Ensuite, elle a posé son doigt sur la grille qui nous séparait, et j'ai compris qu'elle allait dire une chose grave :

– Quand tu m'as appelée, près de l'Alcazar, j'ai reconnu aussitôt ta voix. Je l'avais gardée dans ma tête. Si je t'ai repoussé, c'est parce que je ne voulais pas que Charlie te fasse du mal. Et puis, il y a autre chose…

Elle caressait la grille avec son doigt, comme si elle écrivait des choses dans une écriture invisible, hésitante, hachée :

– J'étais décidée à m'échapper pour me cacher à Tineguine. Mais j'avais peur que tu t'y trouves encore. Je ne voulais pas te rencontrer. Je me doutais que tu étais à ma recherche, mais je me disais qu'après tout ce qui était arrivé, tu ne voudrais pas de moi. Et cela, je ne l'aurais pas supporté.

Alors, moi aussi, j'ai fait des dessins sur la grille et j'ai dit :

– Ce qui t'est arrivé, Leïla, quand on sera ensemble, ce sera notre secret.

Les cicatrices sont toujours restées dans l'âme de Leïla. Encore aujourd'hui, la douleur se réveille parfois. Elle se bat la nuit contre des fantômes, elle geint, le corps tout mouillé par la sueur. Je lui prends la main, jusqu'à ce qu'elle se calme. Je reste éveillé pendant tout ce temps, et je pense, moi aussi, à mes cicatrices, à Zeïna, à mon père, à ma mère, à cette porte contre laquelle je pourrais encore aujourd'hui user mes poings sans qu'elle accepte de s'ouvrir sur le visage de mes parents.

. 14

J'ai été libéré un matin à huit heures. Devant la porte de la prison, Leïla était seule à m'attendre. Elle m'a dit :

– Je ne voulais pas qu'ils viennent avec moi, je voulais qu'on soit tous les deux.

J'ai pensé qu'on allait à La Palmeraie Verte, mais elle m'a détrompé : « On rentre chez nous. C'est moi qui te guide. »

Elle riait du bon tour qu'elle était en train de me jouer. Pour apprendre le chemin, elle avait dû venir plusieurs fois à la prison, avec Najia je suppose. Elle s'aidait d'un bâton pour toucher les trottoirs et les murs. Je me suis senti très fier de marcher auprès d'elle ; elle me précédait légèrement, fière aussi de me montrer le chemin. Je respirais doucement son parfum qui se mêlait à la brise de mer.

A mesure qu'on se rapprochait, je me demandais bien dans quel état j'allais retrouver la maison, après tous ces mois, même si Adnan m'avait assuré qu'il s'en occupait. J'ai vu aussitôt qu'on avait repeint la façade. La cour avait été balayée et l'intérieur était propre et tout décoré. Trois petites lampes à huile brûlaient dans la pièce principale. Leïla souriait :

– Ahmedou et Najia m'ont aidée, mais c'est moi qui ai tout organisé. Je les ai invités, ils vont venir, ce soir.

Elle a tendu ses mains vers moi. Je l'ai serrée dans mes bras, la petite Fatou devenue femme, nous nous sommes embrassés, doucement, à cause de toutes ces douleurs qu'elle renfermait en elle. Le soir, la famille d'Adnan est venue pour fêter mon retour. Jamal était là, lui aussi, avec cinq paquets de café en cadeau de bienvenue. Adnan m'a proposé de revenir travailler dès que je le voulais. Il avait encore agrandi son affaire. J'ai dit :

– Donne-moi un mois, s'il te plaît. Avant, je veux retourner à Tineguine avec Leïla.

J'ai emprunté un des camions de La Palmeraie Verte, et nous sommes partis, Leïla et moi, pour Tineguine. C'est à peine si j'ai reconnu le village : plusieurs maisons, celle de Bachir, celle du Qaïd, avaient disparu, et le sable avait détruit une grande partie de la palmeraie. Des dizaines de troncs sans feuillage émergeaient du sable, tels des chicots gris. Abdou avait perdu son âne et n'en avait pas racheté. Les marques que je faisais sur le mur lorsque je dégageais le sable s'étaient effacées depuis longtemps. La dune grimpait à l'assaut du toit.

Jamila se tenait dans la cour, Abdou était assis à la même place, devant ses placards à livres. Si je ne l'avais pas vu à mon procès, j'aurais pu croire qu'il n'avait pas bougé depuis que j'avais quitté Tineguine, comme si un djinn l'avait changé en statue.

– Assieds-toi, fils, a-t-il dit. Et toi Leïla, je te reconnais à peine. Tu as changé et mes yeux ont vieilli.

Ses mains tremblaient. Son corps s'était fait maigre, sa peau ressemblait à un vieux parchemin tout usé. Les rides s'en étaient prises au visage de Jamila. Et quand elle nous a souri, j'ai reconnu, logée dans son regard, cette petite peur qui ne la quittait pas depuis la fameuse tempête d'autrefois.

Les placards à livres étaient vides. Le ministère du Patrimoine les avait pris pour les placer dans une grande bibliothèque de la capitale, sous la protection de l'Unesco. Abdou se tenait devant les étagères vides, peut-être faisait-il semblant de vivre encore avec les livres, je ne sais pas. Ses mains bougeaient toutes seules, mais n'avaient rien à faire, rien à réparer, à coudre, à cirer.

Leïla a voulu refaire tous les chemins autour du village. Je lui ai raconté, comme avant, ce que je voyais. J'ai recherché le mur où elle avait sa cache, je lui ai raconté comment je l'avais découverte ; nous ne l'avons pas retrouvée, le mur était enseveli sous plusieurs mètres de sable. Je lui ai reparlé des lunettes qu'elle avait chipées à Mbarek, elle a ri.

Sur la fin de la nuit, j'ai entendu Abdou se lever et sortir. Je me suis levé à mon tour pour le suivre. Il s'est arrêté à l'emplacement de la bibliothèque, et s'est agenouillé pour dégager le sable avec une pelle en plastique. J'ai repensé au livre bleu, étincelant comme la mer. Mais la dune avait encore gagné et les livres qui restaient devaient se trouver bien profond. J'ai songé à aider Abdou, mais quelque chose m'en a empêché. Je me suis mis à l'abri d'un mur.

Il s'est vite épuisé à creuser. Je l'ai vu se relever et se mettre à marcher à petits pas. Il paraissait perdu, et quand j'ai pu voir son visage, j'ai eu peur de ses yeux qui regardaient fixement, comme s'ils ne voyaient plus le monde. J'ai eu pitié de lui, je me suis approché :

– Papa Abdou, rentrons, nous allons boire du thé.

Il paraissait si faible qu'il pouvait tomber à chaque pas. Je l'ai soutenu avec mon bras.

J'ai dit :

– Tu recherches le livre, n'est-ce pas ? Tu ne l'as pas trouvé ?

Il sanglotait comme un enfant.

Nous sommes revenus dans la cour où Jamila avait allumé le feu. Leïla se tenait auprès d'elle. Nous avons bu le thé, mangé. Puis Abdou est rentré s'asseoir devant les placards. J'ai écouté Jamila en présence de Leïla. Plusieurs fois, Adnan avait voulu faire venir ses parents à Gadira mais Abdou s'était fâché. Il ne pensait qu'au livre, il avait dans l'idée qu'il allait bientôt le retrouver, demain peut-être. Alors, il creusait tous les jours, avec cette pelle de plastique qui ne servait pas à grand-chose. Jamila s'est aperçue que les gens se moquaient et qu'il allait bientôt être considéré comme Touboul, le vieux fou. Ça lui serrait le cœur. Elle l'a dit à Abdou, mais il n'a rien voulu entendre. Il s'est juste levé de bonne heure, pour que les gens ne le voient pas creuser.

– Écoute Jamila, a dit Leïla, nous ne repartirons pas d'ici sans vous.

Et moi, j'ai ajouté :

– La tempête va revenir, et cette fois-ci, tu ne la supporteras pas. On va charger vos meubles dans le camion, fermer la maison et vous emmener à Gadira. Votre place est là-bas.

Jamila a ravalé ses larmes :

– Donnez-nous encore quinze jours. Il faut que j'arrive à décider Abdou. Pour la nouvelle lune, nous serons tous partis.

Je n'oublierai jamais ces derniers jours passés à Tineguine. Je ne quittais pas Abdou, l'aidant chaque fois qu'il avait besoin d'un appui. On partageait les dattes, le pain, on buvait le thé avec les deux femmes. Les jours coulaient doucement, mes yeux recevaient les images que m'offraient la maison et la cour, les lézards sur le mur, immobiles, la gorge palpitante, les ombres qui tournaient avec le soleil. Je me rappelais comment Abdou m'avait accueilli suite à l'accident de Moktar, tout ce qu'il avait fait pour Fatou quand elle s'était cassé le bras et qu'il avait dit à son père : « Bachir, ton âme est plus noire que le cul d'un bourricot. » Maintenant, Abdou me faisait confiance et acceptait mon aide.

Environ deux semaines après notre arrivée, Leïla a prévenu :

– Il ne faut plus tarder. L'harmattan va bientôt se lever et soufflera très fort.

Alors, nous avons commencé à charger les meubles sur le camion, et Abdou nous a laissé faire. Depuis plusieurs jours, il n'allait plus creuser à l'emplacement de la bibliothèque. Ses yeux étaient moins vagues, il paraissait s'être calmé. Il entretenait Leïla de ses livres partis pour la ville, mais qui ne quittaient pas son esprit. Leïla lui racontait ses souvenirs de Tineguine, comment elle lui empruntait ses lunettes, cela l'amusait.

Le lendemain, Leïla a redit la même chose :

– Le vent se lève. Ce sont des choses que je sens, je ne peux pas me tromper.

La nuit, j'ai fait des rêves étranges où se mélangeaient ce vieux fou de Touboul maudissant le village, Zeïna, Leïla, l'orange-lune et Abdou. J'ai rêvé que Leïla avait creusé en secret et qu'elle avait trouvé le livre bleu, et que pour cette raison, elle avait des pouvoirs magiques. Voilà pourquoi elle prophétisait la tempête.

J'étais très troublé par ces rêves. Au réveil, je me rendais bien compte qu'ils n'avaient pas de sens. Leïla ne pouvait pas lire. Elle n'avait pas plus retrouvé le livre bleu que je n'avais mis la main sur le livre écrit par une mère princesse. Je ne croyais plus aux vertus magiques des livres. Doucement, je me faisais à l'idée que je ne saurais jamais rien de ma naissance, de mon père, de ma mère. J'avais commencé à écrire mon livre à moi, celui de ma vie, pendant les huit années passées sur le *Seabird*, avec Big Lin, Anselmo, Esteban. Puis un miracle s'était produit le jour où j'avais retrouvé Leïla. Tout le reste ne comptait pas face à ce bonheur-là. Ma vie, j'allais continuer à l'écrire avec elle, avec Abdou, Jamila, Adnan et sa famille, sans oublier l'ami Jamal qui avait promis de me ravitailler en café.

Le ciel a changé de couleur et le vent s'est levé. Il a soufflé toute une nuit et tout le jour d'après. Ensuite, il s'est calmé. Je savais qu'il nous laissait un répit de quelques jours avant de recommencer. Il n'avait pas terminé son travail. Il lui restait encore quelques maisons à faire disparaître.

Au matin, sans plus attendre, nous avons entassé les dernières affaires dans le camion, et nous avons quitté Tineguine pour toujours.

Scripto, c'est aussi...

Le Jeu de la Mort
David Almond

Feuille de Verre
Kebir M. Ammi

Interface
M.T. Anderson

Ne fais pas de bruit
Kate Banks

La Maison des Lointains
Pierre-Marie Beaude

Quand on est mort,
c'est pour toute la vie
Azouz Begag

Tête de moi
Jean-Noël Blanc

Garçon ou fille
Terence Blacker

Fil de fer, la vie
Jean-Noël Blanc

Junk
Melvin Burgess

Lady
Melvin Burgess

Les Gitans partent
toujours de nuit
Daniella Carmi

Bonnes Vacances !
Collectif

Cher inconnu
Berlie Doherty

A la vie à la mort
Paule du Bouchet

On ne meurt pas,
on est tué
Patrice Favaro

Que cent fleurs
s'épanouissent
Feng Jicai

Ce que tu m'as dit
de dire
Marcello Fois

Voyage à trois
Deborah Gambetta

Septembre en mire
Yves Hughes

Polar Bear
Yves Hughes

Scripto, c'est aussi...

Boulevard du fleuve
Yves Hughes

Vieilles neiges
Yves Hughes

Mamie mémoire
Hervé Jaouen

Un papillon dans la peau
Virginie Lou

Enfer et Flanagan
Andreu Martín / Jaume Ribera

Sobibor
Jean Molla

Felicidad
Jean Molla

La Vie Blues
Han Nolan

Bye-bye Betty
Jean-Paul Nozière

Maboul à zéro
Jean-Paul Nozière

Mon nez, mon chat, l'amour et... moi
Louise Rennison

Le bonheur est au bout de l'élastique
Louise Rennison

Entre mes nunga-nungas mon cœur balance
Louise Rennison

A plus, Choupi-Trognon...
Louise Rennison

Syndrome allumage taille cosmos
Louise Rennison

Je Reviens
Marie Saint-Dizier

Miette de Lune
Nicky Singer

Le feu de Shiva
Suzanne Fisher Staples

Sans abri
Robert Swindells

La Guerre des Rêves
Catherine Webb

Avez-vous vu Zachary Beaver?
Kimberly Willis Holt

Loi n° 49-956
du 16 juillet 1949
sur les publications
destinées à la jeunesse
P.A.O: Françoise Pham
Imprimé en Italie
par Legoprint S.p.A.
Lavis (TN)
Premièr Dépôt légal: avril 2005
Dépôt légal: novembre 2007
N° d'édition: 147836

ISBN 978-2-07-052903-2